1
2
3
8
9
10
11
12
13
14
15
16
17
18
19
20
21
22
26
Felder
Fleet
Moor

Bernd Perplies & Christian Humberg

DRACHENGASSE 13

Der dämonische Spiegel

EDITION
ROTER DRACHE

Klimaneutral
Druckprodukt
ClimatePartner.com/14701-2102-1005
Dieses Buch wurde klimaneutral gedruckt.

Verpassen Sie kein spannendes Abenteuer aus der *Drachengasse 13*-Reihe!

Schrecken über Bondingor

Geister aus der Tiefe

Das Geheimnis der Xix

Der dämonische Spiegel

Gefahr für den Elfenwald

Weitere Bände sind in Vorbereitung.

1. überarbeitete Neuauflage März 2024

Edition Roter Drache, Holger Kliemannel, Am Hügel 7, 59872 Meschede

edition@roterdrache.org; www.roterdrache.org

Umschlagillustration und Vignetten: Lea Heidenreich

Landkarte: Daniel Ernle

Buch- und Umschlaggestaltung: Holger Kliemannel

Gesamtherstellung: Jelgavas tipografia

ISBN 978-3-96815-071-0

Inhalt

TOMRIN von Wiesenstein ist zwölf und der Sohn des Hauptmanns der Stadtgarde. Er ist stark, mutig und immer bereit, Freunden in Not zu helfen. Manchmal neigt er aber dazu, loszustürmen, ohne vorher nachzudenken.

HANISSA (Nissa) ist zwölf und wohnt mit ihrer Mutter, einer Köchin, in der Magischen Universität. Dort lernt Hanissa heimlich zaubern, obwohl das eigentlich nur Jungs dürfen. Ihre Freunde Sando und Tomrin staunen immer wieder, was sie schon alles kann.

SANDO ist dreizehn und lebt im Hafenviertel. Seit dem Tod seiner Eltern sorgt der Zwerg Gump für ihn, dem die Schenke GUMPS BRANDUNG gehört. Sando ist auf der Straße zu Hause und kennt sich dort aus wie kein Zweiter.

FLECK ist ein junger Flugdrache mit verkrüppelten Flügeln. Er frisst alles und hat vier linke Füße. Wenn er Angst bekommt, verwandelt er sich in ein Ungeheuer! Tomrin, Sando und Hanissa kümmern sich um ihn.

In Erinnerung an die edlen Recken vom MPS –
unsere Ritter vom TAFELECK.

KAPITEL 1
Ein rätselhafter Fund

Los, Tomrin, wirf ihn rüber!« Auffordernd hob Sando die Arme. Im nächsten Moment sauste der kleine Lederball durch die Luft und landete klatschend in seinen Händen. Der Straßenjunge mit der mehrfach geflickten Hose lachte und sah Fleck entgegen, der mit unbeholfenem Eifer und vor Begeisterung japsend auf ihn zutollte.

»Na, Fleck? Meinst du, du kannst dir den Ball holen?« Neckend hielt er dem jungen Flugdrachen den zerkauten, braunen Lederklumpen entgegen und bewegte ihn vor dessen langer Schnauze hin und her.

Spielerisch schnappte Fleck nach dem Ball, doch Sando war schneller und hatte die Hand bereits wieder zurückgezogen.

»Na komm«, sagte er. »Fang.«

Er warf den Ball in die Höhe und sah zu, wie Fleck mit vor Aufregung geweiteten Augen den Kopf hob. Der Jungdrache mit den verkrüppelten Flügeln stieß sich mit seinen kräftigen Hinterbeinen ab, hechtete in die Luft, seine Schnauze zuckte vor und zur Seite – und der Ball prallte an Flecks Schnauze ab! Schwungvoll flog er nach links und knallte so heftig gegen die Tischkante, dass Hanissas Zauberutensilien klirrten. Dann landete er in Tomrins Magengrube.

»Uff«, entfuhr es dem blonden Hauptmannssohn.

»Och, Jungs!« Ungehalten fuhr Hanissa zu den dreien herum. Ihre rote Lockenpracht umzüngelte ihren Kopf wie Flammen, und in ihren grünen Augen blitzte es zornig. »Müsst ihr unbedingt hier drinnen herumtoben, während ich versuche, ernsthafte Zauberei zu betreiben? Wir haben draußen einen riesigen Hof, wo ihr niemanden stören würdet.«

»Stimmt nicht, wir würden Glukk bei der Arbeit stören«, widersprach Sando mit Unschuldsmiene. »Es regnet, wie du vielleicht bemerkt hast.« Er deutete auf das rückwärtige Fenster der Wohnstube, das halb offen stand, damit Hanissas Zauberexperimente nicht den ganzen Raum verpesteten. Gleichmäßiges Prasseln war von draußen zu hören. Bei einem solchen Wetter hatte Glukk, der alte Wasserspeier im Hof, immer viel zu tun.

Das Wetter war schon seit Tagen ziemlich mies. Eine geschlossene graue Wolkendecke hing über Bondingors Türmen und Hausdächern. Tagsüber regnete es, nachts krochen dichte Nebelschwaden vom Fleet herauf durch die Gassen und Straßen der Stadt. Es war ein Wetter, bei dem man sich am besten neben dem heimischen Kamin in eine Wolldecke hüllte und eine Tasse heißen Honigtee schlürfte.

Doch dafür hätte Tomrin in der Festung der Stadtgarde von Bondingor, Hanissa und Fleck in der Magischen Universität und Sando in GUMPS BRANDUNG, der Hafenschenke seines zwergischen Ziehonkels, hocken müssen. Das wollten die Freunde aber absolut nicht. Also hatten sie sich, dem Regen zum Trotz, nach draußen gewagt, um sich in der Drachengasse 13 zu treffen, ihrem geheimen Unterschlupf.

Das Haus, in dem sich die Freunde regelmäßig zusammenfanden, war vor vielen Jahren von einem fehlgeleiteten Unsichtbarkeitszauber aus der nahen Magischen Universität getroffen worden. Seitdem war es, bis auf ein kleines Mauerstück mit Fenster, das von einer alten Stoffplane verdeckt wurde, nicht mehr zu sehen. Die Welt hatte es vergessen – und den Freunden war das sehr recht. Nur hier waren sie wirklich ungestört.

»Ist mir egal, ob es regnet oder nicht«, erklärte Hanissa derweil und stellte einige Fläschchen wieder hin, die der Aufprall des Lederballs umgeworfen hatte. »Wenn euer Ball meinen Braukessel trifft und der Bitterkrautsud über den Schwefelkies schwappt, wird es hier drin so stinken, dass wir zwei Wochen lang keinen Fuß in diesen Raum setzen wollen. Also tobt bitte woanders, von mir aus auch oben im Flur.«

Tomrin zuckte mit den Achseln. »Kommt, Freunde. Lassen wir unsere Meisterzauberin mit ihrer Alchemistenküche allein.« Er zwinkerte Fleck zu und hob mit einem breiten Grinsen erneut den Ball. »Trickwurf, Fleck! Fang den Ball!« Anschließend drehte er sich zur Seite und schleuderte das Wurfgeschoss in den hinteren Bereich der Wohnstube. Es prallte auf dem Boden auf und hüpfte zur Treppe, die in den ersten Stock hinaufführte.

Fleck quäkte begeistert und hetzte los. An Stöckchenholen hatte er niemals wirklich Gefallen gefunden, aber gemeinsames Ballspielen war offenbar eine ganz andere Sache. Mit unbeholfenem Eifer eilte er über die magischen Kreidesymbole, die Hanissa rings um den Tisch auf den Boden gezeichnet hatte, und sprang zwischen den schweren, wurmstichigen Holzbalken hindurch, die die Zimmerdecke stützten.

Im nächsten Augenblick verfing sich eine seiner Krallen in einem Loch in den dunklen Bohlen, die den Boden bedeckten! Irgendetwas klickte. Fleck stieß ein erschrockenes Quäken aus. Dann landete er, die Schnauze voran, auf allen vieren. Es rumste, und die Tiegel und Gläser auf Hanissas Zaubertisch schlugen erneut aneinander.

»Fleck!«, riefen die drei Freunde wie aus einem Mund.

Der Jungdrache erhob sich, schnaufte und schüttelte den Kopf. Er beugte den langen Hals und rieb sich mit den Vorderpfoten über die gefleckte Nase.

Hanissa lief zu ihm hinüber und ging neben Fleck in die Hocke. Tröstend strich sie ihm über den Kopf. »Alles in Ordnung?«

Fleck schnaufte noch einmal, nieste dann, schüttelte sich kurz und stupste sie schließlich mit seiner feuchten Drachenschnauze an.

»Igitt«, entfuhr es Hanissa.

Tomrin und Sando lachten. »War wohl nicht so schlimm, hm?«, fragte Tomrin. Er ging ebenfalls zu Fleck und tätschelte ihm den schuppigen Schädel. »Alter Tollpatsch, du.«

»Aber wirklich«, bekräftigte Sando. Dabei fiel sein Blick auf die Klappe in der hinteren Ecke des Raumes, die wahrscheinlich in den Keller der Drachengasse 13 führte. Zumindest glaubten die Freunde das.

Im nächsten Augenblick stutzte er. Sie hatten zweioder dreimal versucht, die schwere, hölzerne Klappe zu öffnen, aber bislang war es ihnen nie gelungen. Tomrin hatte mal die Vermutung geäußert, sie sei von innen verriegelt, was beiden Jungen sehr seltsam vorgekommen war.

Doch jetzt stand sie einen Fingerbreit offen!

»Leute, seht euch das an.« Überrascht deutete Sando auf die Luke im Boden. Er umrundete den Tisch in der Mitte des Raums, um das Ganze aus der Nähe zu begutachten. »Die Klappe …«

Tomrin ließ von Fleck ab und kam stirnrunzelnd näher. »Seit wann ist die denn offen?«, fragte er.

Sando blickte zu Fleck, der arglos neben Hanissa hockte. »Einen Moment mal«, sagte er und ging hinüber. »Fleck, geh mal zur Seite.« Mit sanfter Gewalt schob er ihn von der Stelle weg, an der Fleck gestolpert war. Mit unwilligem Quäken ließ es der Jungdrache geschehen.

Unter seiner rechten Pfote kam das Loch zum Vorschein, in dem sich seine Kralle verfangen hatte. Sando kniete sich hin und nahm es in Augenschein. Es war nichts Ungewöhnliches zu erkennen. Vorsichtig schob er einen Finger hinein und tastete darin herum. Da war etwas unter den Holzbohlen. Etwas, das sich anfühlte wie …

»Ein Hebel!«, entfuhr es ihm. »Hier unter dem Boden befindet sich ein geheimer Hebel. Fleck muss ihn versehentlich umgelegt und damit den Schließmechanismus der Klappe geöffnet haben.« Er stieß einen anerkennenden Pfiff aus. »Wer immer das konstruiert hat, muss ganz schön viel Wert darauf gelegt haben, dass niemand seinen Keller betritt.«

»Und er muss einen Gnomenuhrmacher gekannt haben«, meinte Tomrin. »Wer sonst sollte so einen Mechanismus bauen können?« Ein verräterischer Glanz trat in seine Augen. »Also, was sagt ihr: Schauen wir uns unten im Keller mal um?«

»Ich weiß nicht.« Hanissa machte ein zweifelndes Gesicht. »Es wird schon einen guten Grund gehabt haben, warum dieser Keller versperrt war.«

»Und es wird schon einen guten Grund gehabt haben, dass Fleck über den Öffnungsmechanismus gestolpert ist«, gab Tomrin grinsend zurück. »Offenbar wollen die Zweigötter, dass wir das Geheimnis lüften.«

Das Mädchen verdrehte die Augen. »Jetzt komm mir bloß nicht mit Sachen wie Schicksal, Bestimmung und so. Fleck ist einfach nur so tollpatschig, dass nichts vor ihm sicher ist – nicht mal ein jahrzehntealter Geheimmechanismus.«

»Von mir aus«, sagte Tomrin. »Ich wüsste trotzdem gern, was sich da unten befindet. Du nicht, Sando?«

Dieser nickte. »Klar.«

Hanissa seufzte. »Also schön. Aber beschwert euch nicht, wenn ich nachher ›Ich habe es euch doch gesagt‹ sage.« Sie erhob sich und ging zum Tisch hinüber.

»Was machst du?«, wollte Sando wissen.

»Kerzen holen«, erwiderte sie leicht gereizt. »Oder wollt ihr im Stockdunkeln da unten herumirren?« Sie nahm einige dicke Kerzenstummel und die Schachtel mit Schwefelhölzern an sich.

Gemeinsam stellten sie sich im Halbkreis um die leicht geöffnete Klappe auf. Tomrin beugte sich hinunter, ergriff die Kante und warf Sando einen letzten fragenden Blick zu. Als dieser nickte, zog der Hauptmannssohn die Falltür hoch und ließ sie schwungvoll nach hinten fallen. Mit schwerem Krachen schlug sie gegen die steinerne Seitenwand des Hauses. Ein Schwall kalter, nach feuchtem Gestein riechender Luft schlug den Freunden aus der Tiefe entgegen.

Sando schauderte unwillkürlich.

Unter der Falltür kam eine steile Holztreppe zum Vorschein, die ins Dunkel führte. Die Stufen wirkten erstaunlich gut erhalten, als seien sie nicht oft benutzt worden. Viel mehr konnte Sando nicht erkennen.

»Ich gehe vor«, verkündete Tomrin. Er ließ sich von Hanissa eine der Kerzen geben, die das Mädchen mittlerweile angezündet hatte. Dann ging er vorsichtig die Stufen hinunter.

Sando schloss sich ihm an. »Nein, Fleck, du bleibst oben«, hörte er Hanissas Stimme hinter sich. »Du hast heute schon genug Unfug angerichtet. Außerdem wissen wir nicht, was uns unten erwartet. Wir wollen ja nicht, dass du dich am Ende vor Schreck verwandelst.«

Da hatte Hanissa völlig recht, fand Sando. Seit Flecks ehemaliger Besitzer Osrum, der Leiter der Drachenschule von Bondingor, mit einem gepanschten Zaubertrank versucht hatte, die verkrüppelten Flügelchen des jungen Drachen zu heilen, hatte Fleck ein kleines – oder vielmehr: ein großes – Problem: Wann immer er sich sehr ängstigte, verwandelte er sich in ein riesiges Drachenungeheuer.

Als sogenannter Nachtfresser hatte er eine Weile lang einiges Unheil in Bondingor angerichtet, bevor Tomrin, Hanissa und Sando ihm mit einem Gegenzauber helfen konnten. Seitdem hatte sich Fleck eigentlich ganz gut unter Kontrolle. Manchmal brach aber noch das furchterregende Untier hervor. Und mit dem wollte Sando nicht in einem engen Kellergang eingesperrt sein, wenn es sich vermeiden ließ. Es war nicht so, dass Fleck dann böse wurde. Aber wenn aus einem kleinen Tollpatsch ein *Riesen*tollpatsch mit Drachenkräften wurde, war das nicht ganz ungefährlich.

Im Gänsemarsch stiegen Sando, Tomrin und Hanissa die Holztreppe hinunter. Erstaunlicherweise befand sich der Keller nicht direkt unter den Holzbohlen des Erdgeschosses, sondern schien irgendwie tiefer unter der Erde zu liegen. Nur so konnte sich Sando erklären, dass der Treppenschacht dermaßen lang war.

Unten angekommen, öffnete sich vor ihnen ein schmaler Gang. Die Wände und die Decke sahen gemauert aus, aber der Boden bestand nur aus platt gestampfter Erde. Zur Linken und zur Rechten waren jeweils zwei schwere, verschlossene Holztüren in die Wände eingelassen, und irgendwie kam es Sando so vor, als sei das Kellergewölbe größer als das Haus, das auf ihm stand. *Wer weiß, wie alt diese Gemäuer sind?*, ging es dem Jungen durch den Kopf, und sein Herzschlag beschleunigte sich. Etwas Unheimliches haftete diesem Ort an. Sando spürte, wie sich seine Nackenhaare sträubten.

Tomrin trat zu der ersten Tür auf der linken Seite und legte die Hand auf die eiserne Klinke. Er drückte sie herunter und zog daran, aber die Tür rührte sich nicht. »Halt mal die Kerze, Sando«, bat er und drückte dem Freund seinen Kerzenstummel in die Hand. Dann packte er mit beiden Händen zu und zog mit aller Kraft. Knirschend öffnete sich die Tür.

»Was ist das denn?«, entfuhr es ihm.

»Lass mal sehen«, drängte Sando und schob sich an ihm vorbei, um einen Blick in den Raum zu werfen.

Zwei lange Regale säumten die Wände zu beiden Seiten der Tür. Sie waren die einzigen Einrichtungsgegenstände in der Kammer. In den Regalen standen schmutzige Einmachgläser dicht an dicht, in denen sich – wenn Sando sich nicht täuschte – ausnahmslos große, rote, in Flüssigkeit eingelegte Früchte befanden. »Was immer das sein mag, der frühere Besitzer dieses Hauses hat dieses Zeug jedenfalls geliebt«, murmelte er.

Der zweite Kellerraum sah aus wie eine Art Alchemistenküche. An die hintere Wand war ein Tisch geschoben, auf dem eine eigenartige Konstruktion aus Glaskolben stand. Daneben befand sich ein Lesepult, auf dem aufgeschlagen ein unglaublich dickes Buch lag, das den Eindruck erweckte, als würde es zu Staub zerfallen, wenn man es nur berührte. An der rechten Wand hing ein Regal aus mehreren Brettern, auf denen kleine Fläschchen, Metallkästchen und Holzbehältnisse standen.

Hanissa quiekte vor Begeisterung, und ihre Augen wurden groß. Sie eilte zu dem Regal und zog einige der Zauberutensilien hervor. Dabei klang sie so entzückt wie ein kleines Kind, das in eine Tonne mit kandierten Äpfeln gefallen war. Gleich darauf rannte sie zu dem Buch hinüber und schlug es zu, um den Titel auf dem Buchdeckel zu lesen. Sando war regelrecht enttäuscht, als es *nicht* zu Staub zerfiel.

»Oh, seht euch das nur an!«, rief sie mit glänzenden Augen. »Eine Ausgabe von Großmagister Hakkelbahsh Inn Jabelkaus *Kleiner Alchemistenfibel.* Wisst ihr, wie selten die ist?«

Das wusste Sando nicht. Aber im Grunde beschäftigte ihn auch viel mehr die Frage, ob Hakkelbahsh Inn Jabelkau auch eine *Große Alchemistenfibel* geschrieben hatte – und wenn ja, wie dick *die* sein mochte.

»Prima, Hanissa.« Tomrin seufzte. »Sollen wir dich die nächsten Wochen über hierlassen, oder kommst du noch mit in die anderen zwei Räume?« Zweifellos fürchtete er genau wie Sando, dass ihre zauberversessene Freundin von nun an noch mehr Zeit mit ihren Experimenten verbringen würde.

Widerstrebend ließ Hanissa von dem Buch ab. »Na schön, ich bin dabei. Das hier läuft mir ja nicht weg. Aber ich muss mir das alles unbedingt genauer anschauen. Und wenn wir hochgehen, nehme ich das Buch mit.« Sie strich noch einmal liebevoll über den ledernen Einband.

»Wie war das mit ›Ich hab's euch doch gesagt‹?« Sando grinste sie an, als sie zu ihm und Tomrin zurückkam.

»Ach, sei doch still«, brummte Hanissa kleinlaut und knuffte ihn im Vorbeigehen freundschaftlich in die Seite.

Der dritte Raum schien eine Art Abstellkammer zu sein. Er war groß, fast so groß wie der Dachboden der Drachengasse 13. Und genau wie dort stapelte sich Unrat an den Wänden. Kisten, alte Möbel und fremdartig aussehende Gegenstände, mit denen Sando nichts anfangen konnte, waren zu einem abenteuerlichen Gerümpelberg zusammengewachsen. Staub bedeckte alles, und Spinnweben hingen in den Ecken und Winkeln.

»Wer auch immer hier früher gewohnt hat, er erinnert mich ein wenig an Onkel Gump«, stellte Sando fest. »Der kann auch nichts wegwerfen.«

»Ich bin gespannt, was wir im letzten Raum finden«, murmelte Tomrin.

Doch zu ihrer aller Überraschung war die letzte Tür verschlossen.

»Was soll das denn?«, empörte sich Tomrin. »Erst dieser Geheimmechanismus und jetzt noch ein Schloss?«

Sando beugte sich vor und beäugte das Türschloss im Schein des Kerzenlichts. »Ja, aber nur ein ganz normales. Nimm mal die Kerze, Tomrin. Das haben wir gleich.« Er griff in sein Wams und zog eine kleine Sammlung schlanker Metallwerkzeuge hervor. Mit flinken Fingern schob er eines nach dem anderen in das Schloss und bewegte es prüfend hin und her. Keine zwei Minuten später klickte es, und Sando grinste seine Freunde triumphierend an. »War ganz leicht.« Er verstaute seine Dietriche wieder.

Das Innere des Raumes war enttäuschend, denn er schien völlig leer zu sein. Nichts lag auf dem glatten Boden, nichts hing an den kahlen Wänden. Nur an der hinteren Wand des Raumes stand etwas: ein flacher, nicht ganz türgroßer Gegenstand, der von einem Tuch verhüllt war.

Tomrin blinzelte verwirrt. »Was ist das wohl?«

Sando schüttelte langsam den Kopf. »Ich habe keine Ahnung.« Irgendetwas an diesem Ding gefiel ihm nicht – und auf einmal war das Unbehagen wieder da, das er bereits beim Betreten des Kellers empfunden hatte.

Vorsichtig gingen die drei Freunde auf den Gegenstand zu.

»Es könnte ein Gemälde sein«, mutmaßte Hanissa.

»Möglich«, pflichtete Tomrin ihr bei. »Wir werden es gleich sehen.« Er streckte die Hand nach dem Tuch aus.

»Warte«, bat Sando. »Ich habe ein ganz mieses Gefühl bei der Sache.«

Tomrin warf ihm einen leicht belustigten Blick zu. »Es ist nur ein Bild, Sando. Was soll uns das anhaben können?«

Hanissa hüstelte, als würde ihr zu dieser Frage schon das eine oder andere einfallen.

Tomrin ließ die Hand sinken. »Na schön. Dann lassen wir es, schließen die Tür wieder zu, verriegeln die Kellerklappe und vergessen das alles. Ist es das, was ihr wollt? Also, ich für meinen Teil könnte nicht mehr ruhig da oben sitzen, wenn ich wüsste, dass hier unten irgendetwas steht, von dem wir nicht wissen, was es ist. Oder wie siehst du das, Nissa?« Er wandte sich zu ihr um.

»Na ja, du hast schon recht. Außerdem sind Gemälde nicht unmittelbar gefährlich, selbst wenn sie verzaubert sind. Mit der Zeit können sie natürlich einiges Unheil anrichten. Aber sollte sich unter dem Tuch wirklich ein verzaubertes Bild befinden – und nicht bloß das Porträt der hässlichen Tante des Hausbesitzers –, werden wir noch genug Möglichkeiten haben, es zu zerstören. Wir besitzen schließlich jetzt ein Exemplar der *Kleinen Alchemistenfibel*!«

»Sando?«

Der machte eine unwillige Geste. »Mach schon. Neugierig bin ich natürlich auch. Und wenn mir das Gesicht des Burschen auf dem Bild nicht passt, schnitze ich ihm hiermit ein neues.« Er legte die Hand auf seinen Dolch.

Tomrin nickte, dann streckte er erneut die Hand aus und zog das Tuch mit einem Ruck beiseite.

Die drei Freunde zuckten verblüfft zusammen, denn die Gesichter, in die sie blickten, waren … ihre eigenen! Es war kein Gemälde, sondern ein Spiegel.

»Bei den Zweigöttern«, murmelte Tomrin und fuhr sich mit der Hand durchs blonde Haar. »So einen riesigen Spiegel habe ich ja noch nie gesehen. Schaut euch das Ding nur an!« Er beugte sich vor und studierte im Schein der Kerze sein eigenes Gesicht. »Der ist unglaublich gut. Ganz anders als die Silberspiegel meiner Mutter.«

Sando konnte dazu nichts sagen. Wann immer er sich selbst betrachten wollte, musste er auf die Wassertonne hinter GUMPS BRANDUNG zurückgreifen *und* warten, bis die Sonne im richtigen Winkel auf ihren Inhalt schien.

»Warum der wohl hier unten steht?«, wunderte sich Hanissa, die ebenfalls fasziniert näher getreten war.

Im nächsten Augenblick sollte sie es erfahren. Ihr Entsetzensschrei zerriss die Stille des Kellers.

Fleck hockte oben in der Wohnstube der Drachengasse 13 und war unzufrieden. Der Tag hatte so gut begonnen. Hanissa hatte ihm beim Frühstück Leckereien vom Tisch zugesteckt. Anschließend hatten sie einen Spaziergang durch Bondingor gemacht, und Fleck hatte festgestellt, dass Pfützen, obwohl sie alle gleich flach aussahen, unterschiedlich tief sein konnten. In der Drachengasse 13 angekommen, hatten Tomrin und Sando mit ihm Ball gespielt. Aber dann war er hingefallen, und diese blöde Klappe hatte sich geöffnet. Seitdem waren seine drei Freunde fort, und er musste hier allein sitzen und hatte nichts zu tun. Blöd.

Nachdem er eine Weile missmutig vor dem gähnenden Kellerloch gehockt hatte, ließ er sich auf alle viere nieder und schob die Schnauze vorsichtig in das Loch hinein. Es roch kalt und muffig dort unten.

Plötzlich hörte er ein Geräusch. Es klang wie ein gedämpftes Poltern. Dann schrie Hanissa. Ob es sich um einen Freuden- oder einen Angstschrei handelte, vermochte Fleck nicht so genau zu sagen.

Behutsam setzte er eine Vorderpfote auf die oberste Stufe und stieß ein fragendes Quäken aus. Als er keine Antwort erhielt, machte er zwei Schritte die Stufen hinab und wiederholte es. Erneut drangen gedämpfte Geräusche zu ihm herauf. Es klang, als würden Türen geöffnet und geschlossen. Dann wurden Schritte laut, und einen Augenblick später tauchten Tomrin, Hanissa und Sando unten am Fuß der Treppe auf.

»Fleck«, rief Tomrin überrascht. »Was machst du denn da?«

»Es sieht so aus, als habe er uns nachlaufen wollen«, meinte Sando, während die drei die Stufen nach oben erklommen. »Er war wohl besorgt, weil wir so lange da unten waren.«

Tomrin schenkte Fleck ein Grinsen. »Dazu besteht kein Grund, Kleiner. Alles ist gut.«

Fleck wusste nicht, wieso, aber aus irgendeinem Grund war er sich da nicht ganz so sicher.

Kapitel 2
Nachtschatten

Nebelschwaden strichen um die Türme der Magischen Universität. Fahles Mondlicht erhellte den weißen Dunst und verlieh ihm ein unheimliches Glühen. Eine ferne Glocke schlug zur Geisterstunde – so leise, als fürchte sie sich vor der Nacht, die die Stadt am Ufer des Fleet in ihren Bann geschlagen hatte.

Genau wie der kleine Drache in Hanissas Zimmer.

Fleck quäkte ängstlich und kroch ein wenig tiefer unter das Bett des rothaarigen Mädchens. Normalerweise machte ihm die Nacht nichts aus. Er wusste schließlich, dass es nach den hellen immer wieder dunkle Stunden gab. Aber normalerweise schlief er in denen tief und fest. In *dieser* Nacht allerdings bekam er kein einziges schuppiges Augenlid zu.

Mucksmäuschenstill lag er da und lauschte in die Stille. Er hörte die tiefen Atemzüge der großen Frau im Zimmer auf der anderen Seite der Wohnstube: Corinda, Hanissas Nestmutter. Auch die Bodendielen des Flurs draußen vor der Wohnungstür machten Geräusche; sie knarrten und knackten, wie es altem Holz, in dem es arbeitete, nun einmal zu eigen war. Das war nichts Besonderes – dennoch hatte Fleck Angst, es schleiche da draußen ein Ungeheuer den Korridor hinab. Eines mit spitzen Zähnen und ganz großem Hunger auf Drachenfleisch.

Ein Quietschen über ihm ließ Fleck aufhorchen. Hanissa bewegte sich im Bett. War denn schon Morgen? Hoffnungsvoll lugte der Jungdrache eine Viertelschnauze weit aus seinem Versteck hervor, doch als plötzlich Hanissas nackte Füße über die Kante schwangen, zuckte er zurück. Fleck zögerte. Irgendetwas an Hanissa war heute anders – *so* anders, dass er sich bremste, ihr wie jeden Morgen die Füße zu lecken. Sein simples Drachenhirn konnte nicht genauer erfassen, was es war …

Das Mädchen stand auf. Sie trug nur ein dünnes Nachthemd, und ihr ohnehin wildes Haar stand nach allen Richtungen ab. Dass Fleck wach war, schien sie nicht bemerkt zu haben, denn sie öffnete die Tür ihres Zimmers und trat durch die Wohnstube auf Corindas

Kammer zu, ohne sich nach ihm umzusehen. Dort angekommen, horchte sie kurz auf die tiefen Atemzüge ihrer Mutter. Dann wandte sie sich sichtlich zufrieden ab und schlich lautlos zur Wohnungstür.

Ein nächtlicher Ausflug? Fleck hob hoffnungsvoll den Kopf. Es kam nicht oft vor, dass Hanissa sich heimlich und um diese Zeit aus der Wohnung stahl – aber wenn, dann folgten meist die tollsten Abenteuer.

Dennoch hielt er inne, statt ihr zu folgen. Etwas stimmte hier nicht. Sie roch auch nicht mehr wie sonst. Apfel, Seife und Kräutersud – das war der übliche Hanissa-Duft. Fleck hätte ihn unter Tausenden erkannt, und auch die Gerüche seiner anderen Freunde – Pferdeschweiß, Leder und Metall für Tomrin, Hafen, Fleet und ungewaschene Ohren für Sando – waren ihm wohlvertraut. Überhaupt hatten Menschen sehr eigene, unverwechselbare Duftnoten.

Doch Hanissa roch seltsamerweise nach überhaupt nichts mehr, seit sie aus diesem muffigen Keller zurückgekommen war. Vermutlich raubte Fleck genau das den Schlaf – seine Menschenfreundin hatte sich verändert, und er verstand den Grund dafür nicht.

Vorsichtig öffnete Hanissa die Tür zum Korridor und schlich hinaus. Fleck schnupperte einmal mehr nach ihrem vertrauten Duft, fand ihn nicht, und vor lauter Ratlosigkeit ging er ihr einfach hinterher.

Das Gelände der Magischen Universität war ein Ort voller kleiner Wunder. Weil die graubärtigen Magister hier nach Herzenslust forschen und wirken durften, stieß man in jedem Raum und jeder Ecke auf neue Überraschungen. Bunte Explosionswölkchen, die von misslungenen Experimenten herrührten, wild herumspukende Geister, Fenster, die nicht länger auf den Hof, sondern auf die eisigen Nordhöhen von Brrr hinausgingen – es gab fast nichts, was es hinter den Mauern, die das Universitätsgelände umgaben, nicht schon einmal gegeben hätte. Und mochte es noch so ungewöhnlich sein.

Der Botanische Garten bildete da keine Ausnahme. Er lag im Osten des Universitätsgeländes und war ebenso groß wie faszinierend. Tagsüber eilten Dutzende Zauberschüler zwischen seinen Beeten und auf seinen Wegen umher, gossen hier und harkten da. Oder sie stritten sich am Ufer des kleinen Teichs mit den Fürchterlich Verzogenen Fröschen, einer Sippe von Amphibien, die seit einem schiefgelaufenen Zauberritual sprechen konnte und sich darüber hinaus für verzauberte Königskinder hielt und entsprechend behandelt werden wollte.

Neben den Schülern konnte man hier auch dickbäuchige Magister antreffen, die im Schatten der hohen Bäume saßen und friedlich unter den Krempen ihrer Spitzhüte vor sich hin schnarchten. Andere spazierten gemütlich die Wege entlang und freuten sich der Pflanzenpracht – oder fielen ihr zum Opfer. So musste regelmäßig irgendein Graubart aus den Ästen der Gehässigen Klammerhecke – einem ebenso sturen wie lästigen Gewächs im südlichen Gartenbereich – befreit werden. Andere begingen den Fehler, den Säuselpalmen von Schwetz zu lauschen, deren Blätter ein Geräusch erzeugten, das an verschwörerisches Geflüster erinnerte. Darüber vergaßen die Magier dann völlig die Zeit und erschienen zu spät zum Unterricht.

Nachts hingegen lag auch der Botanische Garten still und verlassen da. Nichts regte sich hinter den tuchbespannten Wänden der großen Gewächshäuser. Die Blumen rechts und links der schmalen Kiespfade hatten ihre Köpfchen gesenkt, die Grünzeuggnomiden schliefen friedlich in ihren winzigen Pilzhäusern, und auch die Zauberer, die den Garten von Sonnenauf- bis Sonnenuntergang betreuten, lagen in ihren Betten und träumten von Heuschnupfen und Erntezeit.

Alle bis auf einen.

»Na, na, na. Nicht so hastig, junge Dame.« Winhelm Pappadocis Kleiblatt sah die fleischfressende Pflanze, die er gerade fütterte, tadelnd an. Das flackernde Kerzenlicht seiner Laterne spiegelte sich im Glas seiner Nickelbrille. »Schling nicht so. Das bekommt dir nicht.«

Die langstielige Pflanze mit den reißzahnscharfen Blütenblättern scherte sich nicht um seine Worte. Gierig schnappte sie nach dem rohen Fleisch in Kleiblatts Händen, doch der Magister mit der Gärtnerschürze und den schweren Stiefeln entzog es ihr gekonnt.

»Tut mir leid, aber wenn du dich nicht zu benehmen weißt …« Mit dem leisen Seufzen eines enttäuschten Erziehers wandte er sich ab und schulterte seine schwere Tasche. »Bis morgen.«

Erst als er sich dem nächsten Gewächs auf seiner Fütterungsroute widmen wollte, fiel ihm Hanissa auf. Sie stand halb im Nebel zwischen zwei Trauerweiden. Fast so, als wollte sie den alten Zauberer nicht früher als nötig auf sich aufmerksam machen.

»Oh, hallo«, grüßte Kleiblatt und musterte sie verwundert vom Kopf bis zu den blanken Füßen. »Ist dir, äh, nicht kalt oder so?« Auf die naheliegende Frage »Was macht ein Kind wie du um diese Zeit hier draußen?« kam er gar nicht.

Hanissa schüttelte den Kopf.

»Ah, gut, gut.« Kleiblatt nickte zufrieden. »Bei diesem herbstlichen Wetter kann man sich sonst schnell verkühlen. Ich wollte gerade zu den Kräuterbeeten, um dort nach dem Rechten zu sehen. Das

Mondscheinkraut wirkt besonders stark, wenn man es nach Mitternacht erntet. Magst du mich begleiten?«

Hanissa nickte nur, sagte aber kein Wort.

Gemeinsam gingen sie los. Kleiblatt wies ihr mit der Laterne den Weg. »Weißt du, ich liebe die Zeit nach Mitternacht«, betonte der Magister. »Hätte ich nie gedacht, ehrlich gesagt. Als der Dekan mir anbot, den Garten für Nachtschattengewächse vom alten Wyrzelhölz zu übernehmen, wollte ich zuerst ablehnen. Immerhin *habe* ich schon ein Forschungsgebiet, das ich sehr mag: meine Kräuter. Aber jetzt … jetzt bin ich schon seit zwei Monaten Nacht für Nacht zwischen den Beeten, Büschen und Bäumen unterwegs und kann mir nichts Schöneres vorstellen. Die Ruhe, die Ordnung – der ganze Wirrwarr des Tages hat in diesen Stunden nichts zu suchen. Nachts kommt es mir manchmal vor, als sei der ganze Garten nur für mich da – auch wenn das jetzt furchtbar eingebildet klingt.«

»Fast, als hätten es die Verzogenen Frösche gesagt«, stimmte Hanissa zu. Nicht einmal ihre Mutter hätte den anderen Ton in ihrer Stimme bemerkt.

Kleiblatt bemerkte ihn erst recht nicht. Er lachte leise. »Beim Barte des Dekans, das ist kein erstrebenswerter Vergleich. Na, jedenfalls gefällt mir diese neue Arbeit außerordentlich – aber ich widme mich trotzdem immer wieder gern den Kräutern. Erst gestern habe ich die Nacht genutzt, eine Nervnessel mit einer Strahlenstaude zu kreuzen. Nun gut, vom Ergebnis wollen wir nicht sprechen – oder kennst du zufällig jemanden, der an einem bildhübschen Gewächs interessiert ist, dessen Anblick juckenden Ausschlag hervorruft? Aber von der Sache her …«

Der Zauberer blickte zu Hanissa hinüber und stutzte. Das Mädchen starrte ihn so seltsam an. Irgendetwas flackerte in ihren grünen Augen – und es war nicht das Licht der Laterne, sondern …

… etwas Böses!

Magister Kleiblatt begriff es erst, als es schon fast zu spät war. Erschrocken riss er die Augen auf.

Ein Strahl Mondlicht fiel durch den Dunst. Er erleuchtete Hanissas Gesicht. Kleiblatt erstarrte vor Schreck, als sich ihr Mund plötzlich zu einem finsteren Lächeln verzog.

Der gellende Schrei ließ Fleck herumfahren. Inmitten dieses Durcheinanders aus Wegen, Hecken und Bäumen hatte der kleine Drache zuerst Hanissa und dann auch noch die Orientierung verloren. Seitdem war ihm ganz schön mulmig zumute. Ziemlich ratlos tappte er durch den finsteren Garten der Universität. Doch der Schrei änderte alles!

Obwohl er genauso schnell abbrach, wie er erklungen war, fiel es Flecks Drachenohren nicht schwer, seinen Ursprung auszumachen. Schnell und zielsicher lief er los und vergaß dabei völlig seine Angst und die Finsternis. Je näher er kam, desto sicherer wurde er sich seines Weges. Kräuter, Erde und alte Bücher – so konnte nur einer dieser Gartenzauberer riechen.

Als Fleck die Büsche erreichte, die das Ufer des kleinen Teiches säumten, sah er Hanissa und den Graubart in der Nähe des Wassers stehen. Zwischen den beiden war irgendein unheimliches Treiben im Gange!

Hanissa hatte die Augen geschlossen und den Kopf in den Nacken gelegt. Ihre Lippen bewegten sich langsam, und ihre Hände fuchtelten durch die Luft, als webten sie ein Netz aus unsichtbaren Fäden. Keine zwei Schritt von ihr entfernt schien sich der Magister in genau diesen verheddert zu haben. Der alte Mann stand so reglos da, als habe ihn der Blitz getroffen. Aus schreckgeweiteten Augen starrte er Hanissa an. Schweißtropfen standen auf seiner Stirn, liefen ihm über die Wangen und die spitze Nase hinab. Sein Gesicht war kreidebleich, und das schien nicht dem schwachen Mondlicht geschuldet zu sein.

Dann brannte plötzlich die Nacht! Zumindest kam es Fleck so vor, als er sich völlig verängstigt ins Dickicht der Büsche duckte. Dünne Lichtblitze erschienen wie aus dem Nichts. Sie gingen von Hanissas fuchtelnden Händen aus, peitschten dem Graubart entgegen und hüllten diesen fast gänzlich ein. Wenn sie seinen Leib berührten, zuckte der Zauberer schmerzerfüllt zusammen, doch kein Laut kam über seine Lippen.

Nein, das war nicht Nissa! Das *konnte* sie nicht sein. Nie zuvor hatte Fleck gesehen, dass sie einem anderen Wesen absichtlich Leid zufügte. Und der Zauber, den sie da wirkte, schien viel zu böse und gewaltig.

Der junge Flugdrache begriff nicht, was er sah, aber er spürte, dass es falsch war. Falsch und erschreckend.

»Gebt sie mir!«, schallte eine fremde Stimme aus Hanissas Mund, tief und fordernd. »Gebt mir Eure Kraft, alter Mann! Mein Meister braucht sie dringender als Ihr. Und ich bin sein gehorsames Werkzeug.«

»N…Niemals«, stieß der Zauberer zwischen zusammengebissenen Zähnen hervor. Es schien ihn unendlich viel Mühe zu kosten. »W…Was immer … Ihr seid … ich gebe … Euch nichts!«

Das Wesen, das wie Hanissa aussah, lachte abfällig auf. »Ihr könnt Euch meiner nicht erwehren, Graubart. Seht Ihr das nicht? Nur ein kleines Kind steht vor Euch, und doch ist es Euch mehr als gewachsen. Ergebt Euch und lasst mich Eure magische Energie in mich aufnehmen! Der Meister ist hungrig.«

Der Zauberer war weiß wie eine Wand. Haardünne Fesseln aus brennender Energie hielten ihn an Ort und Stelle, und er wand sich stöhnend in ihrer grauenvollen Umklammerung. »Wer … seid … Ihr?«, keuchte er. »Und wer … ist dieser M…Meister?«

Die falsche Hanissa hob die rechte Hand, ballte sie zur Faust und jagte eine Kugel aus Magie auf den Magister zu.

Fleck vergrub die Schnauze unter den Vorderpfoten. Ein Winseln kroch seine Kehle hinauf, doch er wagte nicht, es ins Freie zu entlassen. Hinter seiner Stirn begann es zu zucken und ziehen – wie üblich, wenn seine Verwandlung in den Nachtfresser kurz bevorstand. Doch dieses Mal strengte er sich an, die Verwandlung zu verhindern. Er durfte das Hanissa-Wesen nicht auf sich aufmerksam machen.

Die magische Kugel hatte den Magister inzwischen erreicht. Der Mann wirkte nun fast wie ein Geist. Sein ganzer Körper leuchtete fahl, und der Schein wurde zu einer Art Nebel, der zu Hanissa hinüberwehte. Er verschwand in ihren Augen, Ohren, ihrem Mund und der Nase.

Kaum hatte sie den Dunst vollkommen aufgenommen, ließ Hanissa die magischen Fesseln um Magister Kleiblatt verschwinden. Dazu schien sie nur eine weitere Handbewegung und ein paar lautlos gemurmelte

Worte zu brauchen. Das Brennen erlosch, und der Zauberer war wieder frei.

»Was … Wie …«, stammelte er verwirrt und fuhr sich mit zitternden Händen über das schweißnasse Gesicht. Er blinzelte, als sei er gerade aus einem Traum erwacht, an den er sich nicht mehr erinnern konnte. Dann fiel sein Blick auf Hanissa. »Was … Was machst du denn hier, mein Kind?« Er stockte. »Ist dir, äh, nicht kalt oder so?«

Das Mädchen, das Fleck so gut zu kennen geglaubt hatte, schüttelte lächelnd den Kopf. »Nicht im Geringsten, Magister Kleiblatt«, antwortete sie mit der altbekannten Hanissa-Stimme. »Im Gegenteil: Mir ging es seit einer Ewigkeit nicht mehr so gut wie jetzt. Aber Ihr wirkt ein wenig kränklich.«

Magister Kleiblatt griff sich stöhnend an den Kopf. »Ja, ich … ich fühle mich tatsächlich nicht besonders. Wie eigenartig! Magst du mich zurück zu den Wohngebäuden begleiten?«

Erst nachdem die beiden in den Nebelschwaden verschwunden waren, wagte Fleck sich aus seiner Deckung. Abermals schnupperte er Hanissa hinterher – vergebens. Nichts roch hier nach Äpfeln, Seife und Kräutersud. Gar nichts.

Irgendwo im Botanischen Garten schrie eine einsame Eule. Der Laut klang klagend und unheilvoll zugleich. Fleck zuckte zusammen, machte auf den Fersen kehrt und rannte so schnell er konnte zum Ausgang der Magischen Universität.

KAPITEL 3
Kein guter Morgen

Fünf Uhr, ihr Leut, und alles ruhig!«

Mit schweren Schritten stapfte der Nachtwächter von Bondingor die Straße hinunter. Er hatte seine Hellebarde über die linke Schulter gelegt, und mit der rechten Hand schwenkte er die Laterne hin und her. Mal leuchtete er in eine Seitengasse, mal in einen Hauseingang hinein. Aber viel konnte er bei dem Nebel sicher ohnehin nicht sehen.

Fleck konnte es schließlich auch nicht.

Der junge Flugdrache duckte sich hinter einen stinkenden Abfallberg, der sich in einem Spalt zwischen zwei Häusern auftürmte. Fleck war verängstigt, und eigentlich hätte er auch müde sein müssen, nachdem er bestimmt drei Stunden ziellos durch die Stadt geirrt war. Aber die Furcht hielt ihn wach. Und der Hunger.

Wehmütig schweifte sein Blick über den Müllhaufen. Ob sich in all dem Unrat noch etwas Appetitliches finden ließ?

Auf einmal regte sich der Abfallberg. Er ächzte und grunzte, dann tauchte ein schmutzig brauner Arm auf. Dieser schob einen Stoffrest zur Seite, und darunter kam das breite Froschgesicht eines Gnorkels zum Vorschein. Gnorkel waren kleinwüchsige, nicht sonderlich schlaue Geschöpfe, die sich vor allem am Hafen und im Vielvölkerviertel herumtrieben. Meist lungerten sie in den Gassen und Hinterhöfen herum, wo sie in den Abfällen nach Essen und brauchbarem Gerümpel wühlten. Was immer sie fanden, verteidigten sie verbissen.

Und auch dieser Bursche stellte keine Ausnahme dar. »He, was schaust du dir meinen Müllhaufen so gierig an, kleines Ungeheuer? Hier wohne *ich.* Such dir deinen eigenen.«

Fleck machte einen Schritt rückwärts und gab einen klagenden Laut von sich. Er hatte wirklich Hunger, und außerdem wusste er nicht, was er machen sollte. Hanissas Angriff auf den alten Magister im Botanischen Garten hatte ihn völlig verwirrt.

»Quäk mich nicht so an«, knurrte der Gnorkel, während er sich aus dem Müll hervorzwängte, sich breitbeinig wie ein Feldherr auf den Abfallberg stellte und die

Hände in die Hüften stemmte. »Ich kann dir nicht helfen. Wenn du Hilfe brauchst, wende dich an die Stadtgarde.« Mit einem knochigen Finger deutete er auf die Gasse hinaus. »Andererseits, vielleicht lieber doch nicht. Wenn du Pech hast, zieht die dich gleich zum Dienst ein. Drachen kann die Garde immer brauchen.« Er lachte meckernd. Im nächsten Moment wurde er übergangslos wieder ernst. »Ist mir aber auch egal. Jedenfalls ist das hier mein Zuhause, also scher dich fort und stör mich nicht weiter. Schlimm genug, dass du mich geweckt hast. Weg, weg.« Der Gnorkel machte einen Schritt auf Fleck zu und wedelte mit den dürren Armen.

Der Jungdrache drehte sich um und floh. Draußen im Nebel schlug eine Tempelglocke. Stadtgarde, das war keine schlechte Idee. Tomrin wohnte in der Festung der Stadtgarde …

Die Glocke schlug noch mehrere Male, und es war hell geworden, bevor sich der Nebel so weit gelichtet hatte, dass Fleck überhaupt begriff, wo er sich befand: Sein Herumirren hatte ihn in die Nähe des Markplatzes geführt. Und durch zwei Häuser hindurch entdeckte er auch den Hügel, auf dem sich die Festung der Stadtgarde erhob.

Zielstrebig lief er darauf zu. Fliegen konnte er ja schlecht – es hätte für ziemlich viel Aufregung gesorgt, wenn er noch einmal als Nachtfresser über die Dächer von Bondingor gesegelt wäre. Damals hatten sie ihn gejagt und versucht, ihn umzubringen. Diese Erfahrung wollte er lieber nicht noch einmal machen.

Endlich erreichte er den Fuß des Hügels, auf dem die Festung stand. Hinter einigen Büschen, die die Straße zur Burg säumten, eilte Fleck auf das Tor zu.

Davor standen zwei Soldaten. Beide trugen silbern glänzende Rüstungen und die blau-roten Farben Bondingors. Außerdem hatten sie Schwerter umgegürtet und hielten lange Spieße in den Händen. Sie sahen nicht so aus, als würden sie dahergelaufene junge Flugdrachen einfach passieren lassen.

Fleck schmatzte unzufrieden. Wie sollte er an ihnen vorbeikommen?

In diesem Augenblick vernahm er weiter unten auf der Straße ein Fauchen, gefolgt von einem Heulen. Diese Geräusche kannte er doch! Er reckte den Hals und schaute in die Richtung, aus der sie kamen.

Auf der Straße näherte sich eine große Lastkutsche, die von sechs riesigen Pferden gezogen wurde. Auf der Ladefläche standen mehrere Käfige, und in jedem von ihnen hockte ein Flugdrache. ›Drachenschule Bondingor‹ prangte in roten Lettern auf der Seitenverkleidung der Lastkutsche – aber das konnte Fleck natürlich nicht lesen.

Wo so viele Drachen waren, würde ein weiterer nicht auffallen. Als die Kutsche an seinem Versteck vorbeirumpelte, rannte Fleck deshalb auf sie zu und hopste mit einem Satz auf die Ladefläche. Einer der größeren Flugdrachen spreizte seine beneidenswert schönen Flügel – so weit es in dem Käfig eben ging – und fauchte Fleck zornig an. Fleck antwortete mit einem flehenden Quäken.

»Ruhe dahinten«, rief der Kutscher, ein hünenhafter Bursche mit fleckiger Schürze, ohne sich umzudrehen.

Der große Flugdrache schnaubte nur, und der Kopf an seinem langen Hals pendelte in eine andere Richtung. Fleck interessierte ihn nicht länger.

»He, Gunnor, bringst du uns eine neue Lieferung?«, erklang die Stimme eines der Wachsoldaten.

»Ganz richtig, Hakon«, gab dieser zurück. »Neue Flugdrachen für die Garde. Außerdem hieß es, wir sollten zwei eurer Spürechsen abholen, weil sie erkältet sind und die anderen nicht anstecken dürfen. Stimmt das?«

»Davon weiß ich nichts«, sagte Hakon. »Frag mal beim Stallmeister nach. Aber es kann schon sein, dass irgendjemand im Stall die Nase so richtig voll hat. Ich habe letzte Nacht Geräusche gehört, die klangen, als versuche jemand durch einen Krug Bier zu atmen.«

Die beiden Männer lachten.

Die Lastkutsche passierte das Tor und fuhr in den Hof der Festung. Noch bevor sie an den Drachenställen zum Halten kam, ließ Fleck sich von der Ladefläche fallen. Er lief über den Burghof zu dem zweistöckigen Steinhaus, das sich an den mächtigen Bergfried, den höchsten Turm der Festung, schmiegte. Dort wohnte Tomrin mit seinen Eltern.

Die Eingangstür zum Haus stand weit offen. Hastig hüpfte er die drei breiten Stufen empor. Der Flur dahinter war leer. Drei Türen zweigten davon ab, und eine hölzerne Treppe führte nach oben. Fleck wusste, dass Tomrins Zimmer unter dem Dach lag. Also würde er dort sein Glück versuchen.

Als er an der angelehnten Küchentür vorbeiging, begann seine Nase zu zucken. Ein verführerischer Duft wehte ihm entgegen. Es roch nach kaltem Braten, frischem Brot, nach Käse und nach Obst.

Flecks Magen knurrte geräuschvoll. Er hielt an. Einen kurzen Abstecher konnte er wagen.

Hechelnd vor Vorfreude tapste Fleck in die Küche – und sah seine Ahnungen bestätigt. Auf einem Tisch in der Mitte des Raumes stand ein großes Tablett, auf dem sich, wie es schien, Reste eines Frühstücks stapelten. Selig japsend streckte Fleck die Ärmchen aus, um sich ein halb aufgegessenes Käsebrot zu schnappen, das auf einem der Blechteller lag. Leider waren seine Arme nicht lang genug. Kurzerhand packte er das ganze Tablett und versuchte, es ein wenig zu kippen, damit der Teller näher zum Rand rutschte.

Im nächsten Augenblick gab es ein furchtbares Gepolter, als das Tablett samt allem, was darauf stand, erst Fleck auf den Kopf und anschließend zu Boden fiel.

Als wäre das noch nicht genug des Unheils, ertönte plötzlich aus Richtung der Tür ein erschrockener Schrei, und einen Lidschlag später landete scheppernd ein Eimer auf den Steinfliesen der Küche.

Fleck fuhr herum, das erbeutete Käsebrot schützend an die grüne Drachenbrust gepresst. Ein furchtsames Quäken entrang sich seiner Kehle. Unbeholfen tappte er zwei Schritte rückwärts, stolperte dabei über einen Blechteller und landete unsanft auf seinem Schwanz.

»Fleck?« Das Mädchen im Türrahmen war etwas älter als Tomrin. Sie hatte schmale Schultern und große, braune Augen. Die Schürze, die sie trug, wies sie als Bedienstete derer von Wiesenstein aus. Es war Lisehra. »Du bist doch Fleck, der kleine Drache von Hanissa, oder?« Sie schob den Eimer zur Seite, trat etwas näher und ging in die Hocke. Auf einmal schien sie keine Angst mehr zu haben.

Fleck rappelte sich auf und gab ein bestätigendes Schnauben von sich. Er ließ sogar zu, dass sie die Hand ausstreckte und ihm über die Schnauze strich.

»Aber was machst du denn hier, Fleck?«, fragte Lisehra. »Ist Hanissa auch hier?«

Der Jungdrache zuckte zusammen und wimmerte. Rasch schob er sich das Käsebrot ins Maul und schluckte es, ohne zu kauen, hinunter.

»Oder bist du ganz allein?«, fragte Lisehra weiter. Sie griff zu Boden und hielt Fleck ein Stück Braten hin, das er dankbar entgegennahm und augenblicklich verschlang. »Aber wie kann das denn sein? Bist du durch ganz Bondingor hierhergelaufen? Suchst du vielleicht Tomrin?«

Fleck begriff wenig von dem, was sie sagte, doch Tomrins Namen verstand er sofort. Er wackelte mit dem Kopf und quäkte aufgeregt.

»Du suchst Tomrin!« Lisehras Gesicht verdüsterte sich, und sie schüttelte den Kopf. »Das tut mir leid, Fleck, aber Tomrin ist nicht da. Er ist heute Morgen schon ganz früh fortgegangen. Ich weiß nicht, wohin.«

Das sah nicht gut aus. Fleck hatte sich ganz umsonst auf den Weg gemacht. Nun, fast umsonst. Immerhin hatte er etwas zu essen gefunden.

»Na, Fleck, noch ein bisschen Braten?« Lisehra hielt ihm das Fleisch hin.

Der Jungdrache schnappte es sich und kaute genüsslich darauf herum. Wo war Tomrin, wenn nicht hier? Meistens waren sie alle zusammen in der Drachengasse 13. Am besten versuchte er dort als Nächstes sein Glück.

Die Kutsche mit den Flugdrachen! Kam die nicht aus der Drachengasse? Wenn er also dorthin wollte, musste er an Bord sein, wenn sie zurückfuhr.

Mit einem Satz sprang Fleck auf.

»He, was ist denn auf einmal?«, entfuhr es Lisehra, die gerade einen Apfel in die Hand genommen hatte – vielleicht, um ihn weiter zu füttern.

Doch Fleck hatte keine Zeit mehr. Er schnappte sich den Apfel, quäkte einen raschen Abschiedsgruß und hetzte nach draußen.

Keine Sekunde zu früh. Draußen auf dem Hof wurden soeben die Käfige geschlossen, in denen zwei sechsbeinige Spürechsen hockten, deren Schnauzen so dick, rot und aufgequollen waren wie die Nasen der Zauberer in der Universität, wenn sie zu viel getrunken hatten. Im nächsten Moment ließ der Kutscher seine Zügel knallen, und das Gefährt setzte sich in Bewegung.

Fleck jagte über den Burghof, vorbei an einem verdutzten Stallburschen und zwei Soldaten. Kurz vor dem Tor hatte er die Kutsche eingeholt und sprang auf. Dann rumpelten sie auch schon aus der Festung hinaus und die Torstraße hinunter Richtung Altstadt.

Glukk war zutiefst unzufrieden. Der alte Wasserspeier mit dem Froschgesicht, der an der Hinterhofmauer der Drachengasse 13 thronte, hatte ja schon einiges erlebt, seit die drei Bälger und ihre halbe Portion von einem Drachen hier eingezogen waren. Aber *das* ging eindeutig zu weit.

Was hatte er denn getan? Na gut, er hatte sich ein bisschen beschwert, als die drei am Morgen in aller Herrgottsfrühe aufgetaucht waren und ihn aus seiner wohlverdienten Nachtruhe gerissen hatten. Womöglich war er sogar etwas beleidigend geworden. Aber der gestrige Tag voller Starkregen hatte ihm wirklich alles abverlangt, und auch ein Wasserspeier liebte seine acht Stunden Schlaf.

Und dann das! Die drei verzogenen Rotzgören hatten eine Räuberleiter gemacht und ihm einfach ein dreckiges Stück Stoff in das breite Maul gesteckt. Dann hatten sie es mit einem anderen, nicht weniger dreckigen Stück Stoff festgebunden, damit er es nicht ausspucken konnte.

War ihnen klar, was sie damit anrichteten? Wenn es jetzt wieder zur regnen anfing, drohte er elendig zu ertrinken. Das Wasser würde ihm aus den Ohren und den Nasenlöchern quellen – wenn er Glück hatte. Diese kleinen Ungeheuer, diese Mörderbande! Und jetzt saßen sie drüben in ihrem unsichtbaren Haus und heckten irgendeine weitere Teufelei aus.

Glukk ruckelte an dem Mauerwerk, an dem er hing, aber natürlich konnte er keinen seiner Arme lösen, um sich den Knebel aus dem Mund zu ziehen. Er war schließlich ein Wasserspeier, kein Schlangenmensch.

Auf einmal nahm er unten im Hof eine Bewegung wahr. Er schaute genauer hin und bemerkte Fleck, der allein und seltsam verloren aus dem Gang zwischen den Häusern 11 und 15 auftauchte.

»Hmhm«, versuchte Glukk, ihn auf sich aufmerksam zu machen.

Der Jungdrache hielt inne und legte den Kopf schief. Eines seiner Ohren zitterte.

»Hmhm, Hmhm!«, brüllte Glukk aus Leibeskräften, wobei er ungefähr so laut war wie jemand, der eine zu heiße Kartoffel in den Mund genommen hat.

Doch das genügte. Fleck kam angelaufen, schaute zu ihm hoch und hopste aufgeregt auf und ab.

Dummes Schuppenvieh!, dachte Glukk mürrisch. *Du sollst nicht rumspringen, sondern mir helfen.* Allerdings musste er zugeben, dass er selbst nicht wusste, wie Fleck das mit seinen verkrüppelten Flügeln anstellen sollte.

»Was'n hier los?«, ertönte plötzlich eine Stimme.

Der Wasserspeier schloss die Augen. Auch das noch. Die Koboldsippe, die auf dem Dach nebenan hauste, hatte ihn in seiner misslichen Lage entdeckt. Das konnte ja lustig werden …

»Hm Hmhm Hmhm Hm Hmhmhm«, versuchte Glukk zu erklären, was geschehen war.

»Die Kinner ham dich geknebIt?«, wiederholte der Kobold ungläubig, während er behände um Glukk herumturnte, bis er in dessen Sichtfeld auftauchte. Es handelte sich um Scharrls Luhzerrey Grott, und der war – in Glukks Augen – ein elender Stinkstiefel. »Das glaubste doch selbs nich«, verkündete Grott, nachdem er sich auf die breite Nase des hilflosen Wasserspeiers gehockt hatte. »Die Menschenbalgs sinn zwar Störenfriede, aber das würdnse nich machen, würdnse nich.«

»Hmhm Hm Hm«, beharrte Glukk. Er musste schielen, um den kaum zwei Handbreit großen Kobold mit der wilden braunen Mähne richtig sehen zu können. Ein zerschlissener grauer Rattenfellmantel schlackerte um Grotts magere Gestalt, und er trug einen absurd breitkrempigen Hut mit einer schwarzen Amselfeder daran.

»Na schön, na schön. Kein Grund, sich so aufzuregn. Also, war nett, ma wieda mit dir zu redn. Warst heut bisschen still, nich? Macht nix. Gefällst mir bessa so.« Er grinste gehässig. »Bis bald.«

»Hmhmhmhm!«, schrie Glukk verzweifelt, und zu seiner Überraschung stieß auch Fleck ein flehendes Winseln aus.

Der Kobold warf einen Blick nach unten zu dem Jungdrachen. Dann seufzte er übertrieben. »Iss ja gut. Soll keiner Grott nachsagn, er wärn Tierquäler. Das isser nämlich nich, jawollja.« Mit flinken Fingern löste er den Knebel, sodass Glukk ihn ausspucken konnte.

»Das wurde aber auch Zeit«, murrte der Wasserspeier finster.

»Was sacht man?«, fragte Grott beleidigt.

»Hä?«

»Was sacht man?«

Endlich begriff der Wasserspeier, worauf der Kobold hinauswollte. »Danke«, quetschte er zwischen zusammengepressten Zähnen hervor.

Grott tätschelte seine steinerne Nase. »Schon bessa.« Er hüpfte von Glukk herunter und ließ sich neben ihm auf einem Mauervorsprung nieder. »Und nu sach ma: Was iss hier passiert?«

Mit gedämpfter Stimme berichtete Glukk von den Vorfällen am frühen Morgen. »Irgendetwas stimmt ganz und gar nicht«, schloss er nach ein paar Minuten. »Denn du hast recht. Die Menschenbälger sorgen zwar gelegentlich dafür, dass einem das Regenwasser im Hut überkocht, aber wirklich gemein waren sie noch nie. Ich sage dir: Da geht Böses vor sich, unten in der Drachengasse 13.«

»Böses«, wiederholte Grott mit gewichtiger Miene. »Aha, soso. Das schau ich mir ma an.« Sprach's und sprang von der Mauer zu Fleck hinunter.

So ganz hatte Fleck nicht begriffen, was dort oben vor sich gegangen war. Aber immerhin verstand er, dass Glukk sich über irgendetwas ärgerte. Und offenbar hatte es mit Hanissa, Tomrin und Sando zu tun.

Was war mit den dreien nur los? Erst der Überfall auf den alten Zauberer, jetzt das mit Glukk. Was kam als Nächstes? Ratlos stapfte er hinter dem Kobold Grott her, der verstohlen und zugleich flink wie ein Wiesel auf das unsichtbare Haus zuflitzte. Er wusste offenbar genau, wo es stand.

»Als Nächstes brauchen wir mächtige Verbündete für unsere Sache hier in Bondingor«, vernahm Fleck auf einmal Hanissas Stimme. Gedämpft drang sie durch die blau-weiße Stoffplane, unter der das Eingangsfenster zur Drachengasse 13 lag.

Grott legte die Finger an die Lippen und bedeutete Fleck, sich hinter einem alten Holzfass zu verstecken. Der Kobold selbst verschwand unter dem Stoff.

»Ich hätte schon ein paar Ideen, wer sich eignen könnte, unserer Sache zu dienen.« Das klang nach Tomrin.

»Ich nehme an, wir denken alle an die gleichen Personen«, meldete sich nun auch Sando zu Wort.

»Genau«, sagte Hanissa. »Damit stehen unsere nächsten Opfer fest.« Das Mädchen lachte, aber es war ein kaltherziges Geräusch. »Ich freue mich schon auf die nächsten Wochen. Erst wird Bondingor erobert, dann Mintaria und dann … die ganze Welt!«

»Also los«, rief Tomrin eifrig. »Wir wollen nicht länger warten.«

»Was machen wir mit den Kindern im Keller?«, fragte Sando. »Soll ich mich um sie … kümmern?«

»Idiot!«, zischte Hanissa. »Wage es ja nicht. Du weißt doch, dass wir sie brauchen, um zu überleben. Wenn sie sterben, verschwinden wir auch. Wir sind schließlich nur ihre Spiegelbilder.«

»Also *müssen* wir uns sogar um sie kümmern«, fügte Tomrin hinzu. »Nur auf andere Weise, als es dir vorschwebt: Früher oder später brauchen sie etwas zu essen und zu trinken. Aber nicht jetzt. Zuerst das Vergnügen, dann die Arbeit, sage ich.«

Hanissa kicherte. »Ganz meine Meinung.«

Eine Sekunde später flitzte Grott mit aufgerissenen Augen unter der Stoffplane hervor. »Weg, weg, Kleina«, zischte er und wedelte wild mit den Armen.

Hinter dem Stoff waren Schritte zu hören, und Fleck begriff. Die Kinder waren dabei, das Versteck zu verlassen. Und dass er ihnen im Augenblick nicht begegnen durfte, war selbst ihm mittlerweile klar, auch wenn er das Gespräch nicht verstanden hatte. Nicht nur Hanissas Geruch hatte sich verändert, auch die Stimmen seiner drei Freunde waren plötzlich völlig anders – bösartig und ohne die heitere Freundlichkeit, die Tomrin, Hanissa und Sando sonst auszeichnete. Rasch verbarg er sich hinter einem Haufen Unrat. Grott schloss sich ihm an.

Als der Hauptmannssohn, der Straßenjunge und das rothaarige Mädchen an ihnen vorbeigingen, bemerkte Fleck, dass auch Tomrin und Sando plötzlich jeder Geruch fehlte. Das waren doch nicht seine Freunde! Geduckt und bang wartete Fleck ab, bis die drei verschwunden waren.

»Und? Was gibt's?«, fragte Glukk von der Mauer herunter. Natürlich hatte er nichts von dem Wortwechsel im Inneren des Hauses mitbekommen.

»Ärger gibt's«, knurrte Grott. »Die Menschenbalgs sinn im Kella eingesperrt. Und die, die frei rumlaufn, sinn fiese Spiegelbilda. Üble Sache, vergrummst nocheins.«

»Ha, ich wusste es doch«, erklärte der Wasserspeier triumphierend. »Und nun? Eigentlich müssten wir die Kinder ja befreien. Das heißt, *du* musst es tun, denn ich kann hier nicht weg.«

»Nen feuchtn Drachenpups mussich, damit das klar iss!«, erklärte Grott nachdrücklich.

Fleck winselte leise und schielte zu dem verhängten Fenster hinüber.

Der Kobold ließ seufzend die Schultern sinken. »Na schön, na schön. Rettn wir deine Freunde.«

Gemeinsam krochen Grott und Fleck unter die Plane und stiegen durch das angelehnte Fenster ins Haus ein. Im Inneren sah alles wie immer aus. Sogar der Ball, mit dem Tomrin, Sando und Fleck gespielt hatten, lag noch neben der Treppe. Rasch eilten sie zur Kellerklappe hinüber, die nach wie vor offen stand. Die falschen Kinder hatten sich nicht die Mühe gemacht, sie wieder zu schließen.

Fleck lugte hinunter ins Dunkel und schnüffelte. Ja, dort in der kalten Luft konnte er noch Geruchsspuren seiner Freunde ausmachen: Kräutersud, Leder, Hafen.

»Da runner?«, wollte Grott wissen. Dem Kobold schien der Keller nicht ganz geheuer zu sein.

Der Jungdrache schnaufte und wackelte mit dem Kopf.

»Arr, vergrummst nocheins«, brummte Grott und begann, die Stufen hinabzuhüpfen. Fleck folgte ihm vorsichtig.

Es dauerte nicht lange, bis sie den richtigen Kellerraum fanden. Die vorderen beiden Türen standen offen, und in den Räumen war niemand. Als sie sich den hinteren Türen näherten, vernahm Fleck bereits ein ganz leises Ächzen und Stöhnen, so als versuche jemand angestrengt, gegen seine Fesseln anzukämpfen. Aufgeregt stupste er Grott mit der Schnauze an, der daraufhin einen schwungvollen Purzelbaum machte.

»Pass auf, Kleina«, beschwerte er sich. »Darfst Grott nicht umhaun, darfste nich, bevor er die Tür geknackt hat.« Dann zögerte er. »Unn danach auch nich!«

Behände kletterte der kleine Mann am Türrahmen hoch und sah sich das Schloss an. Er brummte leise etwas in seinen kurzen, struppigen Bart. Dann krempelte er die Ärmel hoch und steckte beide Hände beherzt in das Schlüsselloch. Mit hochrotem Kopf fuhrwerkte er einige Augenblicke darin herum. »Arr, vergrummst nocheins, das Elendsmistschlossdings klemmt orntlich«, schnaufte er. »Iss echte Knochenarbeit, das zu knackn, sachich dir.« Doch genau in diesem Moment klickte es, und auf Grotts Gesicht machte sich Erleichterung breit. »Geht doch.« Er hängte sich an die Türklinke und zog sie nach unten. Die Tür öffnete sich einen Spalt.

Fleck schob sie mit seiner Schnauze ganz auf. Dahinter befand sich ein Raum voller Gerümpel, das sich bis zur Decke stapelte. Und mittendrin, gefesselt an alte Truhen und Kisten, saßen Tomrin, Hanissa und Sando – die echten!

Grott sprang auf Flecks Kopf. »Macht ma gefällichst Applaus!«, verkündete er selbstbewusst. »Scharrls Luhzerrey Grott is da, euer Retta!«

Typisch Kobold, dachte Hanissa. Irgendwie freute sie sich fast über die Arroganz des kleinen Kerls. Nach der schrecklichen Nacht in Fesseln tat ein wenig Humor richtig gut, auch wenn der Kobold das alles eigentlich gar nicht witzig meinte.

»Und was machen wir jetzt?«, fragte Tomrin. »Rufen wir die Garde? Irgendwer muss diese Wesen aus dem Spiegel schließlich aufhalten.«

»Wir sollten jedenfalls nicht hier sein, wenn sie zurückkommen«, fand Sando. »Zumindest nicht ohne ein paar Waffen.«

Hanissa erhob sich und klopfte sich den Staub vom Kleid. »Lasst mich mal was ausprobieren, Jungs.« Sie ging in den Kellerflur und auf die Tür zum Spiegelzimmer zu.

»Bist du wahnsinnig?«, entfuhr es Tomrin. »Bleib lieber weg da. Wer weiß, was passiert, wenn wir noch mal in das schreckliche Ding gucken.«

»Ich hab da eine Vermutung.« Unbeirrt ging Hanissa weiter, öffnete die Tür und betrat den Raum.

Wie sie es sich gedacht hatte, war jenseits der Schwelle alles beim Alten. Das Tuch, das sie vor Stunden von dem riesigen Spiegel gezogen hatten, lag noch am Boden, gleich neben dem Kerzenstummel, den sie verloren hatten. Ansonsten war die Kammer noch immer völlig leer – abgesehen vom Spiegel natürlich.

Langsam näherte sie sich ihm. Ihr Herz pochte wie wild, doch ihr Verstand sagte ihr, dass es keinen Grund für ihre Angst gab.

Vorausgesetzt, ich liege nicht falsch!, schoss es ihr durch den Kopf.

Vor dem Spiegel angekommen, hob sie den Kerzenstummel auf, zündete ihn an und hielt ihn in die Höhe. Sie sah ihren Verdacht bestätigt.

»Kein Bild.« Sando war neben sie getreten und staunte. »Du hast kein Spiegelbild mehr, Nissa.«

»Du auch nicht, schau.«

Obwohl die beiden direkt vor dem Spiegel standen, sahen sie in ihm nur das vom Kerzenschein erleuchtete Zimmer, die Kerze selbst, die im Spiegelbild in der Luft zu schweben schien – und sonst nichts. Ihr Bild warf der Spiegel nicht zurück.

»Genau das habe ich mir gedacht«, sagte Hanissa.

Einen kurzen Moment lang standen die Freunde einfach da, schweigend und ratlos. Dann klatschte Tomrin, der inzwischen ebenfalls ins Zimmer getreten war, in die Hände. »Ich weiß nicht, was *ihr* macht, aber ich gehe zu meinem Vater. Wenn die Spiegler wirklich auf mächtige Personen aus sind, könnte er in Gefahr sein.«

»Guter Gedanke«, fand Sando. »Ich komme mit. Nissa?«

Sie schüttelte den Kopf und sah zum Spiegel. »Ich nutze die Zeit lieber, um diesem Ding hier auf den Grund zu gehen. Mal sehen, ob ich herausfinden kann, woher es stammt und was genau es bewirkt.«

»Wer soll dir das denn sagen?«, wunderte sich Tomrin. »Der Spiegel steht wahrscheinlich schon ewig hier unten.«

Hanissa lächelte. »Erinnert ihr euch noch daran, wie ich das unsichtbare Haus gefunden habe?«

»Du hast uns davon erzählt«, erwiderte Sando. »In irgendeinem Zauberbuch an der Magischen Universität, in das lange niemand mehr die Nase gesteckt hatte, stand etwas über den Unsichtbarkeitszauber, der es einst traf. Das hast du zufällig gelesen, und dann bist du das Haus suchen gegangen, weil du in ihm ungestört zaubern wolltest.«

»Genau. Als ich das Haus fand, war es schon wie heute – völlig unbewohnt.«

»Ja, und?«

Sie rollte mit den Augen. Manchmal waren Jungs ganz schön schwer von Begriff. »Na, irgendwer hat hier früher ja gewohnt! Bevor es unsichtbar wurde. Die ganzen Möbel sind schließlich nicht von selbst hier aufgetaucht.« Wenn sie sich nicht irrte, hatte die Drachengasse 13 einst einem Weltreisenden gehört.

»Und diesen Jemand willst du finden«, folgerte Tomrin. Er klang zweifelnd. »Lebt der überhaupt noch?«

»Irgendwo müssen wir anfangen«, beharrte sie. »Ihr geht zu Ritter Ronan, ich und Fleck laufen zur Universität. Wir sollten uns beeilen, denn unsere Doppelgänger haben einen ziemlichen Vorsprung!«

Sando und Tomrin nickten. Bevor sie sich auf den Weg machten, vereinbarten sie noch ein Kennwort, damit sie, wenn sie sich wiedertrafen, sicher sein konnten, dass sie keinen Spiegler vor sich hatten. Dann eilten sie los.

Tomrin keuchte. Seine Wangen fühlten sich heiß an, und auf seiner Stirn lagen trotz der morgendlichen Kälte Schweißtropfen. Um von der Drachengasse zur Festung zu gelangen, mussten er und Sando einmal quer durch die Altstadt. Laut hallten ihre Schritte von den Wänden der eng beieinanderstehenden Häuser wider.

»Wenn wir uns noch mal ein Geheimversteck suchen«, stieß Sando zwischen zwei Atemzügen hervor, »dann eins direkt am Marktplatz.« Auch er wirkte angestrengt, wenn auch nicht ganz so sehr wie Tomrin.

»Und eins ohne Keller«, sagte dieser.

Sando hob die Brauen. »*Oh* ja«, erwiderte er. »Auf jeden Fall ohne Keller.«

Die Nacht in Fesseln und muffiger Finsternis hatte den drei Freunden ganz schön zugesetzt. Noch immer schmerzten Tomrins Arme und Gelenke von dem Strick, mit dem ihre unheimlichen Doppelgänger sie zur Reglosigkeit verdammt hatten. Sando ging es bestimmt nicht anders, zumindest ließen die roten Hautabschürfungen auf seinen nackten Armen das vermuten.

»Bist du sicher, dass dein Vater zu Hause ist?«, wollte er wissen.

Ein Metzger, an dessen Laden sie gerade vorbeieilten, öffnete seine Tür und schüttete unachtsam einen Eimer Putzwasser in die Gasse. Sando entging der schmutzigen Brühe nur um Haaresbreite.

»Ich fürchte, nein«, antwortete Tomrin. »Der wird mich längst in der ganzen Stadt suchen; immerhin bin ich gestern nicht heimgekommen.«

»In der Festung wird man uns bestimmt sagen können, wo wir ihn finden«, befand Sando.

Sie passierten den Marktplatz, das Zentrum Bondingors, auf dem bereits reges Treiben herrschte. Menschen, Zwerge, Elfen und Trolle gingen an den zahlreichen Ständen und Verkaufsbuden vorbei. Ware wechselte den Besitzer, Preise wurden verhandelt, und der ein oder andere Langfinger ging mit Sicherheit ebenfalls schon seiner schändlichen Arbeit nach.

»Vorsicht, aus dem Weg!« Geschickt hechtete Sando an den Einkaufenden vorbei, warnte hier und schubste dort. Dabei schlug er Haken, wie es nur ein Kind der Straße konnte.

Manche Leute stolperten fast und warfen ihm tadelnde Blicke zu, und ein kleiner Steinfresser erschreckte sich so sehr, dass ihm die Granitkugel, an der er gerade knabberte, aus der Hand fiel. Sie plumpste einer Edeldame auf den Fuß. Ihr Zetern begleitete die Jungen bis zum Rand des Marktplatzes.

Dann hatten sie das schlimmste Getümmel hinter sich. Sie befanden sich nun in der Neustadt. Von der Festung der Stadtgarde, deren Oberbefehlshaber Tomrins Vater Ronan war, trennten sie nur noch wenige Hundert Schritt.

»Hier lang«, rief Tomrin. Sein Herz pochte wie verrückt, aber er wusste nicht, ob das an der anstrengenden Rennerei oder an der Vorfreude lag, endlich seine Eltern wiederzusehen.

Schon von Weitem erblickte Tomrin die vertrauten schwarzen Spitzdächer und die trutzigen Türme der Festung, die die kleinen Wohnhäuser der Umgebung überragten. Das schwere, metallbeschlagene Eichentor an der Südseite stand offen. Und daneben …

Auch das noch, dachte Tomrin. *Isjander.*

Der junge Elf war Ritter Ronans Knappe und eigentlich ganz nett, allerdings schien er oft ein wenig neidisch auf Tomrin zu sein, weil dieser Ronans Sohn war. Tomrin wiederum gefiel es nicht, dass sein Vater den Elf und nicht ihn in Kriegskunst unterrichtete.

»Mein … Vater«, keuchte er, als Sando und er den Elf erreicht hatten und endlich zum Stehen kamen. »Ist er … da?« Dabei stützte sich Tomrin am Tor ab, weil er fürchtete, vor lauter Erschöpfung umzukippen.

»Wir müssen ihn dringend sprechen«, ergänzte Sando.

Isjander, dessen Miene ohnehin nicht gerade freundlich gewesen war, hob eine Braue und sah die beiden voller Misstrauen an.

Vermutlich ärgert er sich, weil Vater ihn zur Torwache abgestellt hat, folgerte Tomrin. *Aber warum? Wenn er nach mir sucht, kann er doch seinen Knappen nicht entbehren.* Irgendetwas stimmte hier nicht.

»Wollt ihr mich auf den Arm nehmen?«, fragte Isjander. »Glaubt ihr, nur weil ich hier sinnlos Wache halten muss, anstatt mich wichtigeren Aufgaben zu widmen, dürft ihr euch einen Spaß mit mir erlauben?«

Tomrin stutzte. »Spaß? Nein, wir müssen wirklich dringend mit meinem Vater sprechen. Es geht um …«

Ein Wink von Sando ließ ihn innehalten. Er hatte recht: Je weniger Unbeteiligte von den Ereignissen rund um den rätselhaften Spiegel wussten, desto besser.

»Und was wollt ihr dann *hier*?«, fuhr Isjander Tomrin an, als dieser nicht weitersprach. »Die Schmuddelkinder, mit denen du dich da herumtreibst, haben einen schlechten Einfluss auf dich, Tomrin.« Dabei glitt sein Blick missbilligend über Sando.

Der Straßenjunge blieb gelassen. »Ritter Ronans Sohn hat dich etwas gefragt, Elf«, sagte er in einem unterkühlten Ton, wie ihn für gewöhnlich Zwerge und Elfen füreinander übrig hatten.

»Und *ich* antworte nicht auf Unsinnsfragen. Tomrin weiß so gut wie ich, dass mein Ritter nicht hier ist. Schließlich ist er doch vorhin selbst mit ihm aufgebrochen.«

Tomrin blinzelte. »Was? Wann?«

»Na, gerade eben. Vor nicht einmal einer halben Stunde. Du hast irgendwas von wichtigen Aufgaben gefaselt und darauf bestanden, dass er dich sofort begleitet.«

Sando war blass geworden. »Ich hab's geahnt …« Hinter Tomrins Stirn überschlugen sich die Gedanken.

Das Spiegelbild aus dem Keller der Drachengasse 13 war also in die Festung gegangen? Kein Wunder, dass ihn hier niemand vermisste!

Wir kommen zu spät. Was immer die Spiegler mit Bondingors Mächtigen vorhaben, es hat längst angefangen.

»Wo sind sie … sind wir hingegangen?«, fragte er den Elf. »Was war unser Ziel?«

Isjander sah ihn an, als habe er den Verstand verloren. »Ist das etwa ein Test? Will Ritter Ronan so meine Fähigkeiten auf die Probe stellen?«

»Wohin?«, wiederholte Sando drängend.

Der Elf zuckte mit den Schultern. »Keine Ahnung. Er trug mir nur auf, bis zu seiner Rückkehr Wachdienst zu schieben. Wie du ja weißt, Tomrin.«

Tomrins Gedanken wirbelten in seinem Kopf herum. »Na schön«, sagte er. »Danke. Weitermachen.« Er packte Sando am Ärmel und zog ihn wieder den Torweg hinunter.

»Kleine Blödmänner«, murmelte Isjander ihnen nach.

Als sie außer Hörweite waren, blieben Tomrin und Sando stehen, und Tomrin sah seinen Freund entsetzt an. »Was jetzt? Dieses unheimliche Ding hat meinen Vater getäuscht. Womöglich schwebt er in großer Gefahr. Wir müssen etwas unternehmen!«

Sando nickte ernst. »Laufen wir zurück zur Drachengasse? Klar könnten Ronan und dein Doppelgänger auch überall sonst sein, aber solange wir keine bessere Idee haben, würde ich beim Spiegel zu suchen beginnen.«

Tomrin seufzte leise. »Also gut.« Er versuchte, sich nichts anmerken zu lassen. Aber innerlich war ihm, als schlösse sich eine eisige Hand um sein Herz und wolle nie mehr loslassen.

»Nissa?« Sando schlug die Plane beiseite, die den sichtbaren Teil der Hauswand vor neugierigen Blicken verbarg, und spähte ins Innere der Drachengasse 13. »Ritter Ronan?«

Jenseits des Fensters rührte sich nichts. Das Wohnzimmer sah aus, wie sie es verlassen hatten.

»Niemand da?«, fragte Tomrin leise. Er hielt Sandos Dolch kampfbereit in der Hand.

»Niemand da.«

Tomrin stemmte sich auf die Fensterbank und schwang sich ins Haus. Sando folgte ihm, nahm einen Schürhaken aus dem kalten Kamin und reichte ihn als Waffe an Tomrin weiter. Im Gegenzug erhielt er seinen Dolch zurück.

Schweigend schlichen die beiden Freunde durch den Raum, immer bemüht, keine Geräusche zu machen. Erst jetzt fiel ihr Blick auf die Luke zum Keller. Sie stand sperrangelweit offen!

»Wir haben die doch zugemacht, richtig?«, raunte Sando.

Tomrin nickte.

»Dann war seit unserem Aufbruch also doch jemand hier.«

»Und ist es vielleicht noch immer.« Tomrin deutete in Richtung des geheimen Hebels unter den Holzbohlen. »Jemand, der weiß, wie der Mechanismus funktioniert.«

Da kamen nur wenige infrage: Hanissa und die Spiegler.

Sando ging neben der Luke in die Hocke und spähte ins unterirdische Dunkel. Tomrin nahm sich einen Kerzenstummel vom Tisch und zündete ihn an. Dann nickte er Sando zu.

Auf geht's, dachte Sando und ging voraus, den Dolch hoch erhoben.

Was er am Fuß der schmalen Stiege erblickte, übertraf seine schlimmsten Befürchtungen. »Hierher«, flüsterte er und bedeutete Tomrin, den Boden zu beleuchten.

Im Schein der Kerze waren im Dreck Schleifspuren erkennbar.

»Der Spiegel?«, hauchte Tomrin nahezu tonlos.

Sando zuckte mit den Schultern, umfasste den Dolch noch fester und ging zur Tür der Kammer, in der dieses irrsinnige Abenteuer begonnen hatte. Sie war unverschlossen, und der Raum dahinter erwies sich als leer. Als *ganz* leer!

Der Spiegel war fort! Auch in keinem der anderen Räume konnten sie ihn entdecken.

»Tja«, sagte Sando, als sie wieder die Stiege zum Erdgeschoss erklommen. »Unsere zweiten Ichs sind uns offenbar zuvorgekommen und haben das verfluchte Ding eingesackt.«

»Aber warum? Wo sind sie damit hin? Und welche Rolle spielt mein Vater in dieser ganzen Sache?«

Sando legte seinem Freund beruhigend die Hand auf die Schulter. »Ich glaube, ich weiß, wer uns da weiterhelfen kann.«

Wenige Augenblicke später kletterten sie ins Freie und liefen auf die Mauer des Nachbarhauses zu. Das Tageslicht hatte sie wieder.

»Herr Glukk?«, rief Sando. »Entschuldigt die Störung, aber wir müssen Euch dringend …« Unvermittelt verstummte er: Die Stelle an der Mauer, wo sonst der grummelige Wasserspeier gehangen hatte, war leer. Es schien, als habe jemand ihn gewaltsam aus dem Mauerwerk gerissen.

»Was im Namen der Zweigötter ist hier geschehen?«, entfuhr es Tomrin. »Wo ist Glukk?«

Fieberhaft durchsuchten sie den Hof, sahen hinter Berge aus Unrat und unter allerhand Schrott, doch sie fanden ihn nicht. Auch auf ihre Rufe reagierte niemand – nicht Glukk und auch nicht der Kobold Grott.

»Sind etwa beide fort?«, wunderte sich Sando. »Wasserspeier *und* Kobold?«

Tomrin legte abermals den Kopf in den Nacken und musterte die Mauerstelle. »Bestimmt nicht freiwillig, so viel ist klar. Und *die* beiden werden den Spiegel kaum mitgenommen haben.«

Sando fuhr sich mit der Hand über den Nacken. Er sah ziemlich ratlos aus. »Ich sag das nicht gern, aber ich glaube, wir brauchen Hilfe.«

»Mein Vater ist nicht da«, murmelte Tomrin.

»Und Onkel Gump wird uns hier wenig nützen«, ahnte Sando.

Plötzlich schauten sie einander an, und Sando wusste, dass sie dasselbe dachten.

»Osrum!«, riefen die Jungen wie aus einem Mund.

Kapitel 5
Auf Spurensuche

In der Bibliothek der Magischen Universität herrschte herrliche Ruhe. Es war Mittagszeit, und die Magister saßen allesamt im kleinen Speisesaal, wo sie sich Corindas Knödelsuppe mit Speck schmecken ließen. Hanissa knurrte zwar auch der Magen, aber sie beachtete ihn gar nicht. Der einzige Hunger, der jetzt zählte, war der nach Wissen.

Sie streifte an den Regalen voller Bücher entlang, ließ den Blick über die Titel gleiten und wünschte sich, sie könnte länger bleiben und nach Herzenslust lesen. Doch als Mädchen hatte sie hier nichts verloren, zumindest aus Sicht der Zauberer. Entsprechend vorsichtig musste sie sein. Wenn einer der Graubärte sie hier erwischte, setzte er sie sicher vor die Tür – und Fleck, der ihr hinterhertapste, gleich mit.

Kräuterkunde, Geisterkunde, Liebestränke *mit* Zitronengeschmack, Liebestränke *ohne* Zitronengeschmack – Regal für Regal schritt sie ab. Es war lange her, dass sie die Ecke der Bibliothek aufgesucht hatte, in die sie nun wollte. Aber sie erinnerte sich noch genau an den Weg. Gleich hinter den Büchern über die Geschichte der Zauberei mussten die Unsichtbarkeitswälzer stehen, dicke und staubige Folianten voller geheimer Sprüche, mittels derer man alles und jeden scheinbar verschwinden lassen konnte.

»Du wirst staunen«, raunte sie Fleck zu. »Solche Bücher hast du noch *nie* gesehen – garantiert.«

Der Drache japste nur und schien sich weitaus mehr für die Staubteilchen zu interessieren, die im Sonnenlicht umhertanzten.

Wenige Schritte später hatten sie ihr Ziel erreicht: die vielleicht entlegenste Ecke der gesamten Bibliothek. Obwohl draußen helllichter Tag war, fiel kaum Licht hier herein, denn das einzige Fenster in der Nähe war wenig größer als ein halber Zwerg und bestand aus farbigen Butzenscheiben. Mitten in der Ecke standen ein schwerer Tisch aus dunklem Holz und ein Stuhl aus demselben Material. Davon abgesehen sah Hanissa nur leere Regale vor kahlen Steinwänden, den nackten Fußboden und die gewölbte Decke.

Hier war sie richtig.

Ein letztes Mal blickte sie sich vorsichtig um und spitzte die Ohren. Waren sie und Fleck auch wirklich allein? Es sah so aus. »Ich suche das Buch *Von der hohen Kvnst des Verschwyndens* von Magister Kunibertus dem Farbenblinden«, sagte sie in Richtung der Wand. »Bitte.«

Nichts geschah. Fleck schaute sie fragend an.

»Ich werd's nicht noch mal sagen«, betonte Hanissa. »Entweder ihr zeigt es mir, oder ich …«

»Gibt's hier nicht«, erklang plötzlich eine Stimme aus dem Nichts.

Kurz darauf hörte sie ein Klatschen, gefolgt von einem unzufriedenen »Autsch!«.

Fleck zuckte überrascht mit den Flügelchen und versteckte sich hinter Hanissa.

»Ich weiß, dass ihr da seid«, sagte sie. »Das Versteckspiel könnt ihr euch also sparen.«

»Weißt du *gar* nicht«, erwiderte die Stimme überzeugt. »Uns sieht nämlich kei…«

Der Rest des Wortes ging in einem weiteren Klatschen unter.

»Tut das nicht weh, ständig eins auf den Kopf zu bekommen, Hein Lich?«, fragte Hanissa grinsend.

»Doch«, antwortete die Luft vor ihr kleinlaut. »Aber ich bin gar nicht Hein Lich.«

»Stimmt, du bist Däm Lich«, brummte eine zweite Stimme resigniert. »Die sieht dich nicht, richtig. Aber hast du vielleicht mal daran gedacht, dass sie dich *hört*? He?«

Für einen Moment war es totenstill in der Ecke. Dann seufzte die erste Stimme. »Oh, oh …«

»Ganz genau, du Erbsenhirn«, erwiderte die zweite. »Und du weißt, was das jetzt bedeutet, ja?«

»Dass sie zwei Wünsche frei hat«, gestand Hein Lich zerknirscht. »So steht es geschrieben in den Annalen unseres Volkes: *Wer Kamäliden finden kann, dem seien sie zweifach untertan.*«

Die zweite Stimme seufzte. Hanissa konnte sich nur zu gut vorstellen, wie das kleine Wesen, das dort hinten auf dem leeren Bücherregal sitzen musste, traurig den Kopf schüttelte. Kamäliden waren sehr seltene Wesen und kaum größer als ein Unterarm. Ihre Haut war lichtdurchlässig, weswegen niemand außer ihnen selbst sie sehen konnte. Hanissa kannte Hein Lich und Claas Claar schon eine ganze Weile, betreuten diese beiden – ihres Wissens nach die einzigen Kamäliden in ganz Bondingor – doch die Abteilung für Unsichtbarkeitszauber in der Magischen Bibliothek. Niemand fand sich hier besser zurecht als sie – nicht zuletzt, da die Unsichtbarkeitsbücher selbst mit einem Unsichtbarkeitszauber gesichert waren.

»Und ich wünsche mir, dass ihr mir Magister Kunibertus' Zauberbuch gebt«, sagte Hanissa. »Legt es bitte so auf den Tisch, dass ich es lesen kann.«

Hein räusperte sich. »Und danach ist Wunsch eins erfüllt?«, fragte er hoffnungsvoll.

»Voll und ganz.«

Das schien den Kamäliden zu beruhigen, denn wenige Sekunden später hörte Hanissa, wie er und Claas keuchend etwas aus einem der scheinbar leeren Regale hievten und zum Tisch trugen. Staub stieg auf, als das dicke Buch auf die Tischplatte plumpste.

»Fertig«, sagte Hein Lich zufrieden.

Hanissa verzog missbilligend das Gesicht. Kamäliden versuchten doch immer wieder, ihre Gegenüber zu übertölpeln. »Habt ihr nicht etwas vergessen?«

»Na gut, na gut«, brummte das Wesen enttäuscht. Dann sagte es einen magischen Spruch, den zu benutzen es die ausdrückliche Genehmigung des Erzmagisters hatte, und *Von der hohen Kvnst des Verschwyndens* wurde sichtbar.

»Danke schön«, säuselte Hanissa, strich dem erstaunten Fleck über den Kopf und setzte sich auf den Stuhl.

Dies war das Buch, in dem sie einst von der Drachengasse 13 erfahren hatte. Wer auch immer das Haus unbeabsichtigt verzaubert hatte, hatte dies handschriftlich am Seitenrand vermerkt. Und wenn Hanissa sich nicht irrte, stand da sogar ein Datum.

Nach einigen Minuten des Blätterns fand sie die Stelle. »Tatsächlich«, stieß sie zufrieden hervor, zog ein

Stück Pergament und einen kleinen Kohlestift aus der Rocktasche und notierte sich die Angaben.

Sie wollte Kunibertus' Buch schon wieder zuklappen, als ihr Blick auf einen weiteren Zaubereintrag fiel. *Das ist ja interessant,* dachte sie überrascht. Schnell überflog sie die Zeilen und schrieb sich die wichtigsten Stellen ab. Dieser Fund mochte sich tatsächlich noch als nützlich erweisen.

»Ich habe alles, Jungs«, sagte sie danach zu den Kamäliden. »Ihr könnt es wegräumen.«

Als sie sich schon zum Gehen wandte, drang Claas Claars Stimme wieder an ihr Ohr. »Und der zweite Wunsch?«

Auch das war typisch für dieses Volk: Sie hassten es, in anderer Leute Schuld zu stehen.

Hanissa schmunzelte. »Ganz einfach: Ich möchte, dass ihr niemandem davon erzählt.«

Claas ächzte. »Also wie immer, ja?«

»Wie immer«, bestätigte sie. Dann machte sie sich zu ihrem nächsten Ziel auf.

»Willkommimstadtkisterbonningorkanniwasfürch*tun*!«

Hanissa starrte den Mann auf der anderen Seite der Empfangstheke fassungslos an. Es war ein Troll – und was für einer!

Ihn groß zu nennen, wäre eine Untertreibung gewesen. Er war *riesig*, ein bestimmt eineinhalb Mannslängen messender Gigant in dunkelgrüner Leinenweste. Auf seine extrem breiten Schultern folgten die muskulösesten Arme, die Hanissa je gesehen hatte, und die Pranken, die so friedlich gefaltet auf der Theke lagen, wirkten wie Bratpfannen. Nur sein Kopf war vergleichsweise klein, und die Augen standen eng beieinander. Sie blickten so vernichtend drein, dass ihr fast das Herz in die Hose rutschte. Abgesehen von drei oder vier Haaren war der Trollschädel kahl.

»Willkommimstadtkisterbonningorkanniwasfürch*tun*!«, wiederholte er bellend, als sie nicht antwortete. Es klang ziemlich gereizt.

»Entschuldigung.« Hanissa schluckte. Ihre Knie waren ganz weich. »Ich habe Euch nicht …«

Der Troll stützte sich auf der Theke ab und stand ächzend auf. Obwohl er sich bücken musste, damit sein Kopf nicht an die Decke des winzigen Empfangszimmers stieß, wirkte er höchst bedrohlich. Er seufzte laut, und es klang wie »Mädchen, willst du, dass ich dir meine Keule auf den Kopf sausen lasse?«

Hanissa wich Richtung Ausgang zurück – ganz langsam und ohne den Blick von dem Riesen zu nehmen. Vielleicht hatte er ja *tatsächlich* eine Keule hinter dem Tresen.

»Haaalt!«, erscholl plötzlich ein Ruf. »Alles zurück auf Anfang. Herr Qualbringer, das hatten wir doch schon geübt.«

Hinter einer Zierhecke, die die rechte Wand des Zimmers schmückte, trat ein schmächtiges Männlein mit dünnen, grauen Haaren hervor. Es trug ein abgewetztes Wams in Erdfarben. Auf seiner spitzen Nase prangte eine Brille, deren Gläser dicker als der Boden eines Einweckglases sein mussten.

»Einen kleinen Moment, bitte«, sagte das Männlein an Hanissa gewandt und lächelte freundlich. »Das haben wir gleich.« Dann wandte es sich an den Troll. »Also, Herr Qualbringer: Was habt Ihr falsch gemacht?«

Trotzig verschränkte der Riese die baumstammdicken Arme vor der Brust und blickte zu den Regalen voller Pergamentrollen an der linken Wand. »Garnix.«

»Doch, doch, Herr Qualbringer«, tadelte ihn der Schmächtige sanft. »Und Ihr wisst auch, was. Was hatten wir gesagt? Immer schön …?«

Das Gesicht des beängstigenden Wesens verzog sich, als hätte es in eine Zitrone gebissen. »Immerschön langsamsprechn«, murmelte es zerknirscht.

»*Ganz* genau, Herr Qualbringer.« Der schmale Mann – erst jetzt sah Hanissa die kleine, an seiner Brust befestigte Schiefertafel mit der Aufschrift »Klemprett, Personalausbildung« – strahlte ihn an.

»Denn sonst verstehen unsere Kunden nicht, was Ihr sagt. Also, wollt Ihr es noch einmal versuchen?«

Das zornige Funkeln in den Augen des Trolls bewies, dass dieser das ganz und gar nicht wollte, aber er fügte sich den Anweisungen. »Willkommn«, stieß er betont langsam hervor. »Im. Stadtkister.«

»Stadt*register*, Herr Qualbringer«, berichtigte Klemprett ihn prompt. »Wir befinden uns hier im Stadtregister, nicht in einer Kiste, nicht wahr?«

»Stadtregisser«, spuckte der Troll aus und warf ihm einen warnenden Blick zu. »Bonningor. Was. Kannich. Fürdich. Tun!« Mit sich zufrieden ließ er sich wieder in seinen Sitz plumpsen, der ob des beachtlichen Gewichts gequält quietschte.

»Ich, äh, bräuchte eine Auskunft«, sagte Hanissa leise. Verwundert blickte sie vom einen zum anderen.

Sie war zum ersten Mal im Stadtregister, diesem Klotz von einem Gebäude mitten in der Neustadt. Es hieß, hier gäbe es zu allen möglichen Dingen und Sachverhalten Unterlagen; auch solche, in denen sämtliche Grundstücke aufgelistet seien, die es in Bondingor gab – mitsamt den Namen ihrer Besitzer. Allerdings hätte Hanissa nie damit gerechnet, ausgerechnet hier auf einen Troll zu stoßen, vor allem nicht auf einen so furchterregenden.

»Du musst entschuldigen«, sagte Klemprett. »Herr Qualbringer arbeitet erst seit Kurzem bei uns und kann noch nicht gut mit anderen. Er stammt aus den Südlichen Heißsenken, weißt du?«

Südliche Heißsenken? Das erklärte einiges, zum Beispiel den Namen des Trolls. Soweit Hanissa wusste, waren die Heißsenken besonders für ihre Goldvorkommen berühmt. Dort gab es angeblich kein Gesetz. Man sagte, nur wilde Krieger überlebten in dieser Gegend – vorausgesetzt, sie hatten genug bei sich, mit dem sie den anderen wilden Kriegern auf den Kopf hauen konnten.

Aber was machte ein aus dieser Region stammender Troll in einem Amtshaus in Bondingor?

»Eine Auskunft, Herr Qualbringer«, wiederholte Klemprett wie ein besonders geduldiger Lehrer und schob die Brille hoch. »Was machen wir da?«

»Pause«, brummte der Troll. Er klang wie jemand, der keine Widerrede duldete.

Klemprett gluckste vor Lachen. »Nein, nein, lieber Herr Qualbringer. Pause ist erst in zwei Stunden. Erst müssen wir der jungen Dame hier helfen.«

Herr Qualbringer knirschte so laut mit den Zähnen, dass es sicher noch zwei Häuser weiter zu hören war.

»Was möchtest du denn wissen, mein Kind?«, fragte Klemprett an seiner Stelle.

»Na ja«, antwortete Hanissa unsicher. »Ich wüsste gern, wem vor mehreren Jahren ein ganz bestimmtes Haus in Bondingor gehört hat.«

Klemprett grinste zufrieden. »Eine ganz hervorragende Übung, wirklich. Nun, Herr Qualbringer? Wohin verweisen wir die junge Dame in diesem Fall?«

»Zimmervierzehnbeh«, grollte der Troll.

»Aber nein, Herr Qualbringer. In 14 b sind die Vermählungen und Geburten. Alle Vorgänge zum Grund-und-Boden-Recht befinden sich im Archiv in …?«

Der Riese hinter der Empfangstheke sah aus, als wollte er Klemprett in Stücke reißen und seine Einzelteile danach zum Fenster hinauswerfen. Doch er machte seinem Zorn nicht Luft – im Gegenteil! Von einem Moment auf den anderen riss er den Mund derart weit auf, dass die Enden fast seine Blumenkohlohren berührten. »Neunundzwanzigah. Miteinemlächeln.«

Klemprett jauchzte gerührt. »Großartig. Ganz, ganz großartig. Und Ihr habt sogar an das Lächeln gedacht! Sehr gut, Herr Qualbringer.« Strahlend vor Glück wandte er sich an Hanissa: »Ach, ich sag's doch immer wieder: Mit Geduld und sanftem Druck macht man jeden zu einer Stütze der Gesellschaft. Kannst du dir vorstellen, dass dieser Klotz von einem Troll eines Tages hier hereinspaziert ist und verkündet hat, er wolle Registrar werden?«

Hanissa schüttelte sprachlos den Kopf.

»Aber genau so war's!«, sagte Klemprett stolz. »Wir dachten auch erst, er wolle uns überfallen oder so – aber nein, er gibt sich tatsächlich die größte Mühe, zu lernen. Noch ein paar Wochen, und es wird dir vorkommen, als habe er nie etwas anderes gemacht als Empfangsdienst.«

Das bezweifelte Hanissa stark – immerhin sah auch ein *friedlicher* wilder Troll immer noch aus wie ein wilder Troll. Aber sie verkniff sich eine Bemerkung. »Danke, ich geh dann mal. Zimmer 29 a, ja?«

»Ganz recht, ganz recht. Im zweiten Stock. Du kannst den Fahrstuhl nehmen, wenn du magst.«

Den was?

Hanissa folgte Klempretts ausgestrecktem Arm mit dem Blick und sah, dass es in der hinteren Ecke des Empfangsraumes einen vielleicht anderthalb Meter breiten quadratischen Schacht gab, der durch ein Loch in der Zimmerdecke führte. Unter diesem stand ein recht bequem wirkender, großer Polstersessel.

Skeptisch trat sie auf ihn zu.

»Nur los«, forderte Klemprett sie auf. »Setz dich. Keine Angst, dir wird nichts geschehen. Der Fahrstuhl ist so ungefährlich wie unser Herr Qualbringer hier.«

Hanissa tat, wie ihr geheißen, und blickte nach oben. Der Schacht führte bis unter das Dach des

Stadtregisters, war aber zu den einzelnen Etagen des Gebäudes hin offen. »Und was passiert jet…«

Sie hatte die Frage noch nicht beendet, da erhob sich das eigenartige Möbelstück plötzlich vom Boden und stieg in die Höhe. Erschrocken klammerte sie sich an den Armlehnen fest.

Ich fliege. Auf einem Sessel!

»Toll, oder?«, hörte sie noch Klempretts Stimme, bevor das Erdgeschoss unter ihr verschwand. »Der Sessel ist eine Leihgabe von den Magistern der Universität. Frag mich nicht, wie der Zauber wirkt, aber er tut es.«

Der Sessel wackelte und schwankte ganz schön! Hanissa kam es vor, als befände sie sich auf stürmischer See. Nach wenigen Augenblicken endete die unglaubliche Fahrt, und der Sessel hielt im zweiten Stockwerk des Gebäudes.

»D…Danke«, murmelte Hanissa und beeilte sich, von ihm herunterzuklettern.

Dann sah sie sich um. Der Gang, in dem sie sich befand, war ebenso lang wie lang*weilig*. In kerzengerader Reihe folgte Tür an Tür, und alle sahen gleich aus. Boden und Wände des Ganges waren makellos sauber, und neben jeder Tür standen einige Hocker aus Holz. Hier und da saßen Leute auf ihnen und warteten darauf, in die entsprechenden Zimmer vorgelassen zu werden. Hanissa erblickte Elfen, Zwerge, Menschen und sogar eine Gnorkelsippe.

Nach wenigen Schritten erreichte Hanissa eine Tür mit der Aufschrift 29 a. Sie klopfte, aber zunächst rührte sich nichts. Erst beim zweiten Klopfen erklang eine Stimme auf der anderen Seite – eine ziemlich brummige. »Härrrein!«

Zögernd öffnete sie die Tür – und sah sich zu ihrer Überraschung abermals dem Troll gegenüber. Qualbringer stand schweißgebadet inmitten eines Gewirrs aus Schränken, Regalen und Kisten voller Schriftrollen.

»Willkommn ... imamt ... fürgrunn ... Grunnunnbohnanglehnheitn«, stieß er keuchend hervor. Der Versuch eines Lächelns scheiterte – diesmal aber an seiner Erschöpfung.

»Äh«, machte Hanissa. »Wie seid Ihr ...«

Der Troll stützte sich mit einer Bratpfannenhand an einem Regal ab und deutete mit der anderen nach rechts. Dort stand eine Tür offen, die in den Nebenraum führte. Dahinter gab es noch eine Tür und noch eine. »Gerannt«, sagte er. »Trepp...Treppnhaus.«

»Moment mal. Ihr seid zu Fuß hier hochgerannt? Warum das denn?«

»Perso...nalmangel«, antwortete der Troll gewohnt knapp. Allmählich kam er wieder zu Atem. »Kanniwasfürch*tun*!«

»Die Unterlagen zur Drachengasse, bitte.«

Qualbringer nickte in Richtung eines besonders klobigen Schranks nahe dem Fenster. Dann sah er zur Tür. »Allesgut? Mussweiter. Heute Empfangsdienst.«

Hanissa nickte nur. Sichtlich erleichtert wandte sich der Troll ab und lief den Weg zurück, den er gekommen war.

Es war Hanissa gar nicht unrecht, das Archiv für sich zu haben. Immerhin wollte sie um jeden Preis vermeiden, dass das Geheimnis um die Drachengasse 13 gelüftet wurde. Bondingor hatte ihr Versteck längst vergessen, und das durfte gern so bleiben.

Nach etwa einer halben Stunde fand sie endlich, wonach sie suchte: eine vergilbte Kladde mit der Aufschrift »Drachengasse«. Das Ding sah aus, als hätte es seit Jahrzehnten niemand aufgemacht. Hanissa blätterte sie durch und stieß tatsächlich auf die gewünschte Auskunft.

»Drachengasse 13« stand da. »Eigentümer: Questrik.«

Irgendwie war sie enttäuscht. Nach all dem Wirrwarr hatte sie gehofft, mehr als nur einen Namen zu erfahren, der ihr nichts sagte. Aber es würde fürs Erste genügen müssen.

Sorgfältig verstaute sie die Kladde wieder. Nur das Blatt über die Drachengasse 13 nahm sie an sich und versteckte es in ihrer Kleidung.

Erst als sie die Treppe suchte, über die Qualbringer nach oben gelangt war, begriff sie, dass sie gerade ein offizielles Dokument gestohlen hatte. *Sando, Sando,* dachte sie mit schlechtem Gewissen, *allmählich färbst du auf mich ab …*

KAPITEL 6
Zum Tafeleck

Fleck hatte mal wieder Hunger. In der Magischen Universität hatte es so gut nach Mittagessen gerochen, als er mit Hanissa dort herumgelaufen war. Leider hatten sie keine Zeit gehabt, einen Abstecher in die Küche zu machen. Dabei hielt Hanissas Mutter immer ein paar kleine Leckereien für Fleck bereit. Stattdessen waren sie hinunter in die Stadt und mitten über den Marktplatz gelaufen, wo es abermals ganz wundervoll geduftet hatte, diesmal nach frischem Brot, Fleisch und Gemüse. Wimmernd hatte Fleck Hanissa auf seinen knurrenden Drachenmagen aufmerksam machen wollen. Doch statt anzuhalten und an einem der Marktstände einen kandierten Apfel oder ein gebratenes Huhn für ihn zu kaufen, war sie zielstrebig wieder in das Gewirr aus kleinen Straßen und Gässchen eingetaucht, aus dem die Altstadt rund um den Marktplatz bestand.

Es hatte Hanissa zu einem hässlichen Klotz von einem Bauwerk gezogen. Am Eingang hatte sie Fleck zurückgelassen, nicht ohne ihm vorher einzuschärfen, keinen Unsinn anzustellen, solange sie fort war. Und nun hockte er hier und sah den Menschen, Zwergen, Elfen und anderen Wesen zu, die in dem Gebäude verschwanden oder aus ihm herauskamen. Zwei oder dreimal hatte er zaghaft ein bettelndes Quäken ausgestoßen. Doch mehr als einen verwirrten Blick der Vorübereilenden hatte ihm das nicht eingebracht.

Plötzlich erreichte ein verführerischer Duft seine lange Drachennase. Es roch nach leckerem Hammelbraten, nein, besser noch, nach deftigem Fleischeintopf! Fleck schmatzte unwillkürlich und reckte den Hals. Woher kam dieser wunderbare Geruch?

Er witterte, dann machte er einen zögernden Schritt auf die Straße und begann sie schließlich zunehmend zielstrebig hinunterzulaufen, immer seiner Nase nach. Er musste gar nicht lange suchen, bis er die Quelle der wundervollen Essensgerüche ausfindig gemacht hatte.

Es handelte sich um eine kleine Schenke, die eingezwängt zwischen zwei mehrstöckigen Gebäuden an der Straße lag. Das Haus war aus massiven Steinblöcken errichtet, und die kleinen Fenster erinnerten irgendwie an Schießscharten in einer Burg. Über dem Eingang hing ein verwittertes Schild. ZUM TAFELECK stand darauf geschrieben, aber das kümmerte Fleck nicht im Geringsten.

Viel interessanter fand er die enge Gasse, die zwischen dem Nachbargebäude und dem darauffolgenden Haus verlief. Sie sah aus wie der Spalt zwischen den Häusern 11 und 15 in der Drachengasse. Aus ihr drang der Essensgeruch auf die Straße.

Frohen Mutes stapfte Fleck ins Halbdunkel, und gleich darauf landete er in einem kleinen Hofbereich, in dem mehrere ordentlich gestapelte Kisten und Fässer standen. Einige Schritt zu seiner Rechten befand sich eine Tür in der Rückwand des Hauses, die nur angelehnt war. Hier war er richtig. Das musste der Weg zur Küche sein.

Fleck schob sich durch die angelehnte Tür. Dahinter lag ein kurzer Korridor mit weiteren Türen, der sich am Ende gabelte. Von irgendwoher war das Klappern von Töpfen zu hören und das Brutzeln von Gebratenem. Flecks Kehle entrang sich ein sehnsüchtiges Winseln.

Rasch tappte er den Korridor entlang. Am Ende wollte er sich nach links wenden, aber genau in diesem Augenblick nahten von dort schwere Schritte, und ein Mann grölte etwas. Erschrocken floh Fleck nach rechts, folgte dem Gang um zwei Ecken und stand plötzlich vor der Wahl, durch eine von drei Türen zu verschwinden. Den Geräuschen nach zu urteilen, war ihm der Mann noch immer auf den Fersen.

Da es aus dem Raum hinter der linken Tür erbärmlich stank und die Tür daneben ein Vorhängeschloss zierte, entschied sich Fleck kurzerhand für die auf der anderen Seite des Ganges. Er hob die Schnauze, biss in die Klinke und drückte sie herunter. Mit leisem Knarren schwang die Tür auf. Schnell huschte Fleck hindurch und schob sie hinter sich wieder zu. Der grölende Riese musste nicht wissen, dass er hier war. Er hatte nicht wie ein kochender Schankwirt gerochen, vielmehr wie ein schon früh am Tag betrunkener Gast.

Mit vor Aufregung zitternden Flanken hockte sich Fleck hinter die Tür und lauschte. Hoffentlich wollte der Riese nicht in diesen Raum.

Und Fleck hatte Glück! Die schweren Schritte kamen so nah, dass bereits eine Dunstwolke aus Bier und Männerschweiß unter dem breiten Türschlitz hindurchwehte, doch dann wandte sich der Mann dem stinkenden Raum gegenüber zu. Eine Tür knallte, kurz darauf gab der Mann gedämpfte Laute der Erleichterung von sich.

Fleck nahm unterdessen sein Versteck in Augenschein: Schwere, in einem losen Sitzkreis angeordnete Lehnstühle, Beistelltische für Bierkrüge und

Pfeifenkrautbeutel bestimmten den Raum, ehrwürdig aussehende Ritterschilde hingen an den Wänden, und im hinteren Teil gab es einen Kamin. Neben der Feuerstelle befand sich etwas, das wie ein Altar aussah: ein aus dunklem Holz gezimmerter, schön polierter Kasten, auf dem ein fein gewirktes Tuch lag. Auf dem Tuch befand sich eine Silberfassung, in der ein vielleicht kinderfaustgroßer Stein ruhte. Der Stein hatte eine milchig weiße Farbe, war vollkommen rund und glatt geschliffen – und er leuchtete regelrecht!

Neugierig tapste Fleck näher und musterte den Stein. Das goldene Leuchten drang aus seinem Inneren.

Mit einem Mal hatte er seinen Hunger vergessen. Dieser Fund war ausgesprochen aufregend. Der Jungdrache legte den Kopf schief und näherte sich dem Altar mit dem Stein ein wenig. Und dann noch ein wenig mehr. Er machte einen dritten Schritt. Schließlich stupste er die golden glühende Kugel mit der Schnauze an.

Im nächsten Moment zuckte er überrascht zusammen, als ein melodischer Glockenton aus ihrem Inneren kam. Der Ton wiederholte sich zweimal, dann nahm das Glühen des Steins plötzlich zu.

Unsicher wich Fleck zurück. Gebannt starrte er den Stein an, über dem sich nun eine schimmernde Wolke bildete. Im Inneren der Wolke nahm etwas Gestalt an. Es sah aus wie … der Oberkörper eines Menschen!

Der Mann, der ein Hemd und darüber ein ärmelloses Wams trug, wirkte seltsam flach und farblos, eher wie ein Bild als wie eine tatsächliche Person. Seine Augen waren von einem grauen Tuch bedeckt. Dennoch wandte sich das bartlose Gesicht, das von langen, zotteligen Haaren umgeben war, Fleck zu. Die Miene des Mannes verzog sich zu einem freudig erstaunten Lächeln. Er schien den Drachen sehen zu können.

»Meiner Treu, was bist du denn für ein drolliger kleiner Kerl?«

Auch wenn Fleck keine Ahnung hatte, was der seltsame Mann in der Wolke von ihm wollte, stieß er ein zaghaftes Quäken aus.

»Ah, dein Name ist also Fleck«, rief der Fremde gut gelaunt. »Freut mich, dich kennenzulernen, mein Lieber. Du erinnerst mich an einen guten Freund von mir. Aber einerlei. Was verschafft mir denn die Ehre deines Anrufs?«

Seinen Namen hatte Fleck verstanden. Offenbar kannte ihn der Mann. Das war seltsam, denn Fleck war sich ziemlich sicher, ihn noch nie gesehen zu haben. Vorsichtig quäkte er erneut.

Der Mann runzelte die Stirn. »Einen Augenblick, mein Bester. Habe ich das richtig verstanden? Du bist im Tafeleck bei den Rittern? Gehörst du gar zu ihnen? Zu Rubard Rotbart oder G'Horrn, dem Mächtigen?

Ach, nein, warte, die dürften mittlerweile längst tot sein.«

Fleck hatte keinen Schimmer, was der seltsam flache, graue Mann mit den verhüllten Augen da erzählte. Mit einigen missmutigen Quäk- und Gurgellauten versuchte er ihn genau das wissen zu lassen.

Der Fremde hielt inne, und sein Gesicht nahm einen ernsteren Ausdruck an. »Ich verstehe. Ich bitte vielmals um Verzeihung. Es liegt mir fern, Euch zu beleidigen. Mir war nicht klar, dass Ihr selbst ein Ritter seid. Mein Fehler. Also, warum ruft Ihr mich? Sagt nicht …« Er stockte, und Erschrecken huschte über seine Züge. »Sagt bloß nicht, dass *es* geschehen ist!«

Fleck verspürte einen Juckreiz in der Nase und nieste.

»Oh, bei den Göttern, die ihr in Mintaria anbetet! Nach all den Jahren? Ich hatte gehofft, dieses Übel für alle Ewigkeit gebannt zu haben.« Der flache Mann beugte sich ein wenig vor, sodass sein Gesicht beinahe aus der Wolke herauskam. »Vermögt Ihr mir zu sagen, wie es passieren konnte?«

Langsam wurde Fleck unruhig. Dieser Bursche hörte einfach nicht auf zu reden. Würde er bloß verstehen, was sein Gegenüber von ihm wollte! Er wünschte sich, Hanissa wäre da. Die wüsste bestimmt, was zu tun wäre.

Hanissa! Eine großartige Idee. Fleck musste Hanissa die Kugel und den Flachgraumann zeigen. Sie war schließlich nicht weit weg. Wenn er sich beeilte, befand sich der Kerl vielleicht noch in der Wolke, wenn er gleich mit ihr zurückkehrte.

Fleck stieß ein eifriges Quäken aus und schwenkte die Vorderpfoten, um dem Mann zu bedeuten, genau hier auf ihn zu warten.

»Selbstverständlich«, erwiderte dieser nickend. »Die Zeit drängt – so wie immer, wenn eine Welt vom Bösen befallen wird. Ich mache mich umgehend auf den Weg. Wir reden weiter, sobald ich eingetroffen bin.«

Im nächsten Augenblick gab es ein dumpfes Puffen, und die Wolke zerstob ins Nichts. Der golden glühende Stein auf dem Altar verlor an Leuchtkraft und lag nun wieder da wie zuvor, als Fleck den Raum betreten hatte.

Der Jungdrache stieß ein unterdrücktes Jaulen aus. Unschlüssig pendelte sein Kopf auf dem langen Hals hin und her, während sein Blick vom Stein auf dem Altar zur Tür und wieder zurück schweifte.

Schließlich ging Fleck wieder auf den Altar zu, öffnete das Maul und klaubte den sanft schimmernden Stein mit den Zähnen aus der Silberfassung. Er würde ihn zu Hanissa bringen! Sie war sicher imstande, den Mann in der Wolke zurückzuholen.

Die Kugel fühlte sich völlig glatt an und außerdem ein bisschen warm. Mit einem zufriedenen Schmatzen schloss Fleck das Maul wieder und sicherte die Kugel mit seiner langen Zunge, um sie nicht versehentlich zu verschlucken. Anschließend huschte er aus dem Raum zurück auf den Gang …

… nur um dort mit einem dicken Menschen zusammenzustoßen, der gerade aus der Tür mit dem Vorhängeschloss heraustrat. Er hatte eine fleckige Schürze um den Bauch gebunden und trug zwei große Schinkenkeulen in den Armen.

Die Augen des Mannes weiteten sich. »Da soll mich doch …«, entfuhr es ihm. »Was bist du denn für eine kleine Aasratte?« Er legte die Schinkenkeulen neben sich auf den Boden.

Fleck, dessen Magen nun wieder zu knurren anfing, hätte sich am liebsten eine der Keulen geschnappt, aber dann wäre ihm der Stein aus dem Maul gekullert. Außerdem blieb ihm keine Zeit, denn der Mann – offensichtlich der Wirt des TAFELECKS – hob beide Hände und machte scheuchende Bewegungen.

»Los, raus hier, du halbe Portion! Hier gibt es nichts zu stehlen! Verschwinde, bevor ich meinen alten Streitkolben hole und ihn dir über den grünen Schädel ziehe.«

Die Worte des Wirts zeigten Wirkung. Fleck rannte davon, erst durch den Korridor, dann über den Hinterhof und schließlich durch die Gasse zwischen den

Häusern zurück auf die Straße. Nicht weit entfernt sah er das klotzige Bauwerk aufragen, in dem Hanissa war.

Fleck hoffte, sie würde bald herauskommen.

KAPITEL 7
Angriff der Geister!

Die Drachenschule Bondingors am Ende der Drachengasse war gleich nach der Hafengegend Sandos liebster Ort in der ganzen Stadt. Nirgendwo sonst herrschte eine derartige Atmosphäre von Abenteuer und großer weiter Welt. In der Drachenschule züchtete der alte Osrum, seit Langem ein Freund von Tomrin, Sando und Hanissa, Flugdrachen für die Stadtgarde.

Auch an diesem Tag stand das breite Tor offen. Sando und Tomrin betraten den weitläufigen Innenhof, und wie so oft staunte der Straßenjunge über das emsige Treiben jenseits der hohen Mauern. Gewaltige Drachen dösten in ihren Käfigen in der Sonne oder taten sich am noch dampfenden Fleisch in ihren Futtertrögen gütlich. Arbeiter schritten geschäftig zwischen den Käfigen umher oder kümmerten sich um die Jungtiere in den Freigehegen. Die Luft roch nach Schweiß, Schwefel und pürierten Ratten – einer Leibspeise der kleinen Drachen, bei deren Erwähnung Sando jedes Mal ein wenig übel wurde.

Und die Luft roch nach Angst – zumindest heute.

»Burps! Burps, wo bist du?«

Die Rufe hallten von den Mauern wider. Sando drehte den Kopf und sah sich um. Nach und nach begriff er, dass die Arbeiter sich gar nicht um die Drachen in den Käfigen kümmerten. Offenbar hatten Osrums Angestellte momentan Besseres zu tun, als die schuppigen Reit- und Flugtiere zu pflegen.

»Burps! Burpsilein!« Ein schmächtiger Stallbursche mit Pickeln im Gesicht und brüchiger Stimme ging an den beiden Freunden vorbei, ohne sie zu bemerken. Er trug einen Eimer voller Rattenpüree in der Rechten, aus dem er mit der anderen Hand – und angeekeltem Gesicht – fleißig Brei herausschöpfte und als Köder in die Gegend hielt. »Komm doch wieder zurück, Burpsi. Ich hab auch was Feines für dich.«

»Sag jetzt nicht, dass Osrums Haustier verschwunden ist«, raunte Sando Tomrin zu.

Der nickte. »Sieht ganz so aus. He, Alfried«, rief er dem Burschen hinterher. »Was ist passiert?«

Alfried blieb stehen, blinzelte verwirrt und drehte sich um. Erst jetzt wurde er sich der Anwesenheit der beiden Jungen bewusst. »Herr Tomrin«, grüßte er traurig. »Ah, es ist zum Mäusemelken. Als wir heute Morgen die Amtsstube aufschlossen, entwischte uns Burps. Seitdem ist er nicht wieder aufgetaucht. Wenn Meister Osrum davon erfährt, wirft er uns den Schattenbrennern zum Fraß vor.«

Das war natürlich übertrieben. Sando kannte Osrum; einen gerechteren und gütigeren Mann hatte er selten gesehen. Allerdings hing er an seinem Burps, was sich niemand so recht erklären konnte.

Burps war ein Hausdrache, in Größe – und Benehmen! – glich er aber einem Ferkel. Er schien die ganze Welt als seinen persönlichen Besitz zu betrachten und hatte von Rücksichtnahme vermutlich noch nie gehört. Wenn er in Osrums Arbeitszimmer in seinem Körbchen lag, sah er die Personen, die sein Herrchen besuchten, stets so missbilligend und unfreundlich an, dass es einem angst und bange werden konnte. Mehr als einmal hatte sich Sando schon gefragt, ob das gehässige kleine Wesen gleich aufspringen und ihn ins Bein beißen würde. Das war aber nie passiert. Stattdessen schien es Burps weitaus größeres Vergnügen zu bereiten, die Luft mit seinen Darmwinden zu verpesten.

»Weit kann er nicht sein«, tröstete Tomrin den verzweifelten Alfried. »Oder? Er wird das Gelände ja kaum verlassen haben.«

Sando rollte mit den Augen. »Der? Der sitzt vermutlich gerade hier irgendwo in einem Versteck und amüsiert sich darüber, dass ihr ihn alle sucht.«

Alfrieds Mundwinkel wanderten ganz langsam nach unten.

»Wo steckt Osrum eigentlich wieder?«, wollte Tomrin wissen.

»Das ist der einzige Lichtblick an diesem trüben Tag«, antwortete Alfried. »Mein Meister ist heute gar nicht hier. Wenn wir Burps schnell genug finden, wird Osrum nie erfahren, dass er uns entwischt ist.«

»Was?«, platzte es aus Sando heraus. Tomrin und er wechselten einen besorgten Blick. »So ein Mist. Wir brauchen seine Hilfe. Wo ist er denn? In der Festung? Beim Baron?«

Alfried schüttelte so heftig den Kopf, dass sich sein ganzer Oberkörper bewegte und der Eimer mit Rattenpüree gefährlich ins Schwanken geriet. »Nein, nein. Er ist *richtig* weg. Verreist.«

»Und wohin?«, wollte Tomrin wissen.

»Na, *Euch* kann ich's ja sagen, Herr Tomrin«, erwiderte Alfried mit einem Unterton, der Sando spüren ließ, dass Tomrins und Alfrieds Welt nicht die seine war. »Osrum ist zu einem großen Züchtertreffen gefahren. Dort möchte er seine beiden bellurischen Spürechsen präsentieren – besser gesagt: deren Nachwuchs.«

Natürlich! Sando erinnerte sich. Seit Wochen hatte der Alte von kaum etwas anderem gesprochen als dem Jungen, das Pip erwartete. Es hieß, nie zuvor sei es einem Züchter außerhalb von Bellurien gelungen, zwei Spürechsen zu paaren.

»Was ist es denn geworden?«, fragte Sando neugierig. Für einen kurzen Moment vertrieb die Begeisterung über den Spürechsennachwuchs seine Sorgen. »Ein Männchen oder ein Weibchen?«

Alfried schluckte. »Schön wär's«, murmelte er. »Drillinge, könnt ihr euch das vorstellen? Jetzt haben wir *fünf* von den exzentrischen Flatterviechern im Haus …«

Trotz der gefährlichen Lage, in der sie sich alle befanden, mussten die Freunde grinsen. Pip allein war schon ein Erlebnis. Fünf von ihrer Sorte konnten aber bestimmt auch den geduldigsten Mann in den Wahnsinn treiben.

»Osrum ist sicher mächtig stolz«, sagte Tomrin.

»Darauf könnt Ihr wetten, Herr Tomrin«, bestätigte der Stallbursche. »Als sei er Großvater geworden. Erst gestern hatte er einen Magier hier, damit dieser ihm ein Zauberbild von sich und den Spürechsen erstellt. Wenn Ihr wollt, geht mal ins Haupthaus. Es hängt dort gleich neben der Treppe – aber Vorsicht: Osrum grinst auf dem Bild so breit und strahlend, dass man fast erblindet.«

Alle lachten. Es tat gut, ein wenig herumzualbern.

Dann aber widmeten sich die Jungen wieder ihrer eigentlichen Aufgabe. »Na, wenn er nicht hier ist«, sagte Tomrin enttäuscht, »werden wir uns etwas anderes überlegen müssen.«

Alfried hob die Hand. Rattenpüree tropfte von ihr herab auf den Erdboden. »Ihr könntet uns helfen«, schlug er vor. »Wie gesagt: Wenn wir den dicken Miesepeter nicht wiederfinden …«

Sando verzog das Gesicht. Er half gern, aber ihnen fehlte die Zeit. »Habt ihr's mal mit der Nase versucht?«, fragte er, während er den Männern dabei zusah, wie sie jeden Trog und jede herumstehende Kiste nach Burps umdrehten. »Sieht aus, als suchtet ihr mit den Augen. Müsste *ich* Burps finden, würde ich eher versuchen, ihn zu erschnuppern. Kaum jemand kann so herzhaft stinken wie Osrums kleiner Luftverpester!«

Tomrin lachte überrascht auf. Alfried aber machte große Augen. »Das ist es«, entfuhr es ihm. Es klang fast ehrfürchtig. »Dass wir nicht selbst darauf gekommen sind: der Gestank! Wir müssen nur dem Burps-Geruch nachgehen.« Mit Begeisterung im Blick drehte er sich um. »Hey! Hey, Gunnor«, rief er einem seiner Mitstreiter zu. »Ich hab's!«

Tomrin legte Sando die Hand auf die Schulter. »Komm. Ich glaube, die werden ihn allein finden.«

Gemeinsam gingen sie zurück zum Tor. Als sie die Drachengasse hinabschlenderten, hörten sie gerade noch, wie eine brüchige Stallburschenstimme rief: »Ich haaaab ihn!«

Ein leichter Nieselregen hatte eingesetzt, als Hanissa mit Fleck am frühen Nachmittag die Drachengasse erreichte. Sie wollte gerade zwischen den Häusern 11 und 15 verschwinden, als sie sah, dass Tomrin und Sando die Straße herunterkamen. Hanissa blieb stehen, um die Jungen zu begrüßen. »Apfel oder Erdbeere?«, fragte sie. Es war das vereinbarte Kennwort.

»Rattenbrei«, sagte Tomrin.

»Zwergenbier«, fügte Sando hinzu.

Hanissa nickte zufrieden. »Und?«, fragte sie. »Kein Glück gehabt?«

Die Gesichter der beiden verdüsterten sich. Während sie sich durch den schmalen Gang in den Hinterhof begaben, beschrieben die beiden mit wenigen Worten, was der Tag ihnen bisher gebracht hatte. Viel war es tatsächlich nicht. »Und jetzt sind wir so ratlos wie vorher«, schloss Tomrin. Vor lauter Enttäuschung ballte er die Fäuste.

»Lasst uns reingehen und nachdenken«, schlug Sando vor. »Irgendwie *müssen* wir diesen Spiegelbildern doch das Handwerk legen.«

»Zur Garde oder zum Palast brauchen wir gar nicht erst zu gehen«, befürchtete Tomrin. »Da würde uns niemand glauben.«

»Das schätze ich auch«, sagte Hanissa. »Wenn wir bei Stadtmarschall Feylor von Garsting auftauchen und ihn vor drei Kindern warnen, die aussehen wie wir, fällt der doch vor Lachen vom Stuhl.«

»Oder er steckt uns gleich selbst in den Kerker«, ergänzte Tomrin.

Just in dem Augenblick wurde Hanissa von irgendetwas am Bein gepackt. Sie verlor das Gleichgewicht, schrie überrascht auf und landete mit der Nase voran im Dreck. Für einen kurzen Moment sah sie Sterne.

»Nissa?«, drang Sandos Stimme an ihr Ohr. »Alles in Ordnung?« Er streckte die Hand nach ihr aus. Dann aber klappte er zusammen, als hätte ihn eine Kanonenkugel in die Magengrube getroffen.

Tomrin blickte sich alarmiert um. »Was im Namen der Zweigötter geschieht hier?« Er bückte sich nach einem Stock und hielt ihn wie ein Schwert vor sich. »Wir werden angegriffen!«

Hanissa sah sich verwirrt um. Kein Gegner war zu sehen. Dann erschrak sie!

Ich glaube, ich weiß, was hier läuft! »Vorsicht, es sind Geis…« Sie wollte Tomrin gerade warnen, da trat ihr ein unsichtbarer Fuß die Arme, mit denen sie sich aufstützte, unter dem Leib weg. Bevor sie wieder auf dem Erdboden aufschlagen konnte, wurde sie von eiskalten, gnadenlosen Händen an der Hüfte gepackt und in die Luft gerissen. »He da!«, rief sie. »Sofort aufhören!«

Schon schwebte sie gut anderthalb Armeslängen über der Erde. Sie wand sich, schlug und trat um sich, so fest sie konnte. Doch wie sollte sie jemanden treffen, den sie nicht sah? Schritt für Schritt trug der Unsichtbare sie über den Hof und auf die Drachengasse 13 zu.

Fleck wimmerte und sah sich verwirrt um. Er merkte, dass etwas Unheilvolles im Gange war, wusste aber nicht, was er tun sollte, um seinen Freunden zu helfen.

»Das müssen Geister sein«, keuchte Sando. Er kam nur mühsam auf die Beine, hatte aber bereits den Dolch gezogen.

Tomrin setzte Hanissas Entführer nach. »Anhalten!«, rief er. »Lass sie sofort runter, sonst bekommst du es mit mir zu tun!«

Etwas in der Luft, auf die er wild einprügelte, riss ihm derweil den Stock aus den Händen und warf ihn zwischen seine Füße. Tomrin stolperte und schlug unsanft mit dem Kopf gegen einen ausrangierten Blumenkübel. Ein gehässiges Kichern, bei dem es Hanissa kalt den Rücken hinunterlief, hallte von den Wänden der Häuser wider.

Hanissas Gedanken überschlugen sich. Ihr war nur eine Art von Geistern bekannt, die so planvoll gegen ihre Gegner vorging: Geistersöldner, ausgesprochen unangenehme Wesen, die nicht lange fackelten, wenn sie ein Ziel erreichen wollten! So stand es zumindest in den Büchern der Universität, die sie heimlich gelesen hatte. Dabei handelte es sich um die Seelen ehemaliger Söldner, die auch nach ihrem Tod noch für schmutzige Geschäfte zu haben waren – wenn man sie gut dafür bezahlte.

Die Spiegler!, schoss es ihr durch den Kopf. *Unsere Doppelgänger müssen unsere Flucht aus dem Keller bemerkt und diese Wesen beschworen haben, damit sie uns auflauern. Vermutlich sollten sie abwarten, ob wir hierher zurückkehren.*

»Fleck, hilf Hanissa!«, rief Sando, der zu weit weg war, um einzugreifen.

Der Jungdrache wackelte mit dem Kopf, als habe er verstanden. Dann lief er Hanissa und ihrem Entführer hinterher. Seine kurzen Ärmchen fuchtelten nach dem unsichtbaren Feind, er erwischte aber nur Luft.

Inzwischen hatten sie die Plane erreicht. Von einem Augenblick zum anderen spürte Hanissa, wie sie der Umklammerung ihres Entführers entglitt. Sie ruderte wild mit den Armen, als könnte sie sich an der Luft festhalten, und fiel zu Boden. Hart schlug sie gegen das Mauerwerk des Hauses. Der Aufprall trieb ihr die Luft aus der Lunge und Tränen in die Augen.

»Vorsicht«, warnte Tomrin einige Schritte entfernt und rieb sich die blutende Stirn. »Es sind mindestens zwei!«

Er hatte den Satz kaum beendet, da wurde neben ihm der Müll in die Luft gewirbelt. Eine unsichtbare Gestalt bahnte sich mit rücksichtsloser Wildheit ihren Weg von Tomrin zu Sando. Der schrie entsetzt auf.

Die Plane flog beiseite. Eine eiskalte, starke Hand packte Hanissa an den roten Haaren und zerrte sie auf die Füße. Sie verlor abermals den Bodenkontakt. Der Geist hob sie hoch und schubste sie durch das offen stehende Fenster ins Wohnzimmer.

Kaum drinnen angekommen, sprang Hanissa auf und hob abwehrend die Arme. »Was wollt ihr?«, fauchte sie. »Lasst uns gefälligst in Ruhe. Wir haben euch nichts getan.«

Es kicherte wieder. »Wir tun nur unsere Arbeit«, erklang eine bösartige Stimme.

Hanissas Knie wurden weich. Sie hätte nie gedacht, dass sie einmal einem Geistersöldner gegenüberstehen würde. »Und welche Arbeit ist das?«

Ein Messer erhob sich vom Tisch in der Raumesmitte und schwebte plötzlich keine zwei Fingerbreit vor ihrer

Nase. »Dafür zu sorgen, dass ihr bleibt, wo ihr seid«, knurrte der Geist, der es führte. »Diesmal wirklich.«

»Loslassen, sag ich. Sofort loslassen«, erklang draußen neues Geschrei. Aus dem Augenwinkel sah Hanissa, wie die Plane vor dem Fenster abermals beiseite gezogen wurde. Dann erschien Tomrin auf der Fensterbank. Sein Gesicht war blutüberströmt und bleich, doch in seinen Augen funkelten Trotz und Widerstand. Ein schemenhaftes Wesen, kaum mehr als ein mannshohes grünliches Leuchten, hatte ihn am Kragen gepackt und stieß ihn nun durch die Öffnung ins Haus. Kurz darauf folgte Sando ähnlich unfreiwillig.

Jetzt!, erkannte Hanissa ihre Gelegenheit. Sie nutzte die kurze Ablenkung, um sich vorsichtig dem Tisch zu nähern. Die Ankunft des zweiten Geistes ließ auch den ersten seine Unsichtbarkeit aufgeben. Binnen eines Sekundenbruchteils schwebten zwei grünliche Lichtwesen vor den drei Freunden durch den Raum. Ihre Körper erinnerten vage an Skelette in Rüstungen.

»In Ordnung«, schnarrte der zweite Geistersöldner und zauberte ein paar Seile aus dem Nichts hervor. »Macht es uns nicht schwerer als nötig, Kinder. Wehrt euch nicht, während wir euch fesseln und in den Keller tragen, dann wird euch nichts geschehen. Wenn ihr Widerstand leistet, bekommt ihr unseren Zorn zu spüren. Alles klar?«

»Niemals«, brauste Tomrin auf. »Wir ergeben uns nicht kampflos …«

»Er hat recht, Tomrin«, unterbrach ihn Hanissa. »Wir haben verloren. Wir sollten gehorchen.«

Ungläubig starrte der Hauptmannssohn sie an.

Bitte, dachte sie flehentlich. *Bitte begreife, was ich vorhabe. Du musst sie ablenken, nur für einen Moment.*

Sando schien schneller zu verstehen. »Komm«, sagte er, drehte den Geistern den Rücken zu und streckte ihnen seine Hände hin. »Bevor noch Schlimmeres geschieht.«

Es dauerte noch einen Augenblick, bis Tomrin endlich mitspielte. »Also gut«, murmelte er so zerknirscht, wie er nur konnte.

Die Geistersöldner schwebten auf sie zu, um ihr schändliches Werk zu beginnen. Das war die Chance, auf die Hanissa gehofft hatte. Blitzschnell trat sie an den Tisch und griff sich die abgewetzte Ausgabe von *Geister bannen mit Magister Huibur*. Erst vor zwei Tagen hatte sie das dünne Büchlein in der Bibliothek der Magischen Universität ›ausgeliehen‹.

Sie schlug es auf und begann hektisch zu blättern. *Seite acht*, ging es ihr durch den Kopf. *Bitte. Es* muss *auf Seite acht gewesen sein.* Sie musste alles auf eine Karte setzen. Wenn es misslang, war das Spiel aus – ein für alle Mal.

»He, was machst du da?«, wollte der eine Geistersöldner wissen. »Leg sofort das Buch weg!« Drohend glitt er auf sie zu.

Doch er war zu langsam. Schon fiel Hanissas Blick auf den Zauberspruch, den sie brauchte. Ohne nachzudenken, öffnete sie den Mund und las ihn laut vor: »Geister, die ihr vor uns steht, Söldner von jenseits der Schwelle …«

Die Geistersöldner zuckten zusammen. Dann kreischten sie und wanden sich wie Kobolde, die jemand in einen Badezuber stecken wollte. Stricke und Messer entglitten ihren Händen und landeten auf dem Boden.

»… seid vertrieben und verweht«, fuhr Hanissa fort. »Und das auf der Stelle!«

Mit einem Mal schien sich ein Wirbelsturm im Zimmer zusammenzubrauen. Schneidender Wind fuhr durch den Raum, zog den Freunden an Haaren und Kleidung. Die Asche im Kamin wurde in die Höhe geweht, und einige der Zauberutensilien flogen vom Tisch. Die Geistersöldner kreischten und zeterten und verloren sekündlich an Leuchtkraft und Größe.

Hanissa handelte schnell. »Tomrin!«, rief sie ihm zu. Er stand dem Fenster am nächsten. »Die Plane!«

Im Nu war Tomrin am Fenster, schwang die Beine über das Sims und schlug die Stoffplane zurück.

Darauf hatte der von Hanissa entfachte Magiesturm nur gewartet. Kaum war der Weg nach draußen frei, erfasste der Wind die beiden Geisterwesen und blies sie auf den Hinterhof.

»Schnell, hinterher«, rief Sando, lief zum Fenster und folgte Tomrin ins Freie. Hanissa eilte ihnen nach.

Der Sturm toste über den Hof. Die Geister waren schon ans andere Ende geweht worden, als Hanissa einfiel, dass sie besser nicht die Drachengasse erreichen sollten. Dort würden die Bewohner Bondingors sie sehen und herausfinden wollen, woher sie kamen. Dann würde es im Hof vor Neugierigen wimmeln.

Schnell schlug sie Huiburs Buch wieder auf. Sie hatte es mit nach draußen genommen, denn mächtige Sofort-Magie wie diese gelang nur, wenn man das passende Buch bei sich trug. Und keine Fehler machte.

»Wand aus Licht und Wand aus Feuer«, sagte sie, »Wand für Spuk und Ungeheuer, bring die zwei in deinen Bann, denn sie haben Leid getan.«

Zu ihrer eigenen Überraschung entstand umgehend eine Kuppel aus waberndem Licht über den geschwächten Geistern. Sie schloss die bösen Wesen vollends ein und raubte ihnen jegliche Fluchtmöglichkeit. Kaum saßen die Söldner fest, verging der Magiesturm so schnell, wie er gekommen war.

Ruhe kehrte wieder ein. Selbst das Zetern der Geister war nicht länger zu hören. Fleck kam hinter einem Müllberg hervorgesprungen und lief auf seine Freunde zu.

»Bist du sicher, dass die da drin bleiben?«, fragte Tomrin leise. Er klang nahezu ehrfürchtig.

»Keine Ahnung«, antwortete Hanissa ehrlich. Ihr war ein wenig mulmig zumute. Nie zuvor hatte sie einen solchen Kampf ausgefochten. »Bis eben wusste ich nicht einmal, dass der Spruch tatsächlich wirkt.«

Sando nickte grimmig. »Er tut es im Augenblick – und das allein zählt.«

KAPITEL 8
Begegnung mit der Vergangenheit

Also, ich weiß nicht, wie ihr das seht, aber in meinen Augen wollen diese Spiegler Krieg.« Ächzend ließ sich Sando auf einen der Stühle in der Wohnstube fallen und schob ein paar von Hanissas Tiegeln zur Seite, um die Arme auf den Tisch legen zu können.

»Mit Sicherheit haben sie nicht vor, uns auf eine Erdbeerbrause in der BRANDUNG einzuladen«, pflichtete Tomrin ihm bei, während er sich mit schmerzerfüllter Miene auf dem Nachbarstuhl niederließ. Er fasste sich an seine blutende Stirn. »Elende Drachenkacke.« Diese Geister hatten ihn böse erwischt.

»Lass das«, ermahnte ihn Hanissa. »Deine Hände sind schmutzig. Nicht in die Wunde greifen.«

Sie legte *Geister bannen mit Magister Huibur* auf den Tisch und ging zu Kochnische hinüber. Dort hatten die Freunde immer einen Eimer Wasser stehen, das sie am Brunnen drei Häuser weiter holten. Obwohl auch Hanissa vom Kampf gegen die Geistersöldner völlig verdreckt war und in ihrem blassvioletten Rock ein hässlicher Riss klaffte, schien sie doch weniger abbekommen zu haben als die beiden Jungen. Oder sie war noch härter im Nehmen, als Tomrin gedacht hätte.

Hanissa nahm den Eimer und tauchte ein Taschentuch hinein, das sie zuvor aus ihrer Umhängetasche geholt hatte. Dann kam sie zu Tomrin herüber. »Nicht bewegen. Ich will die Wunde reinigen.«

Der Hauptmannssohn verzog das Gesicht, als sie energisch zu Werke ging. »Autsch, das brennt«, beschwerte er sich.

»Und mit der Sternrosenessenz wird es gleich noch mehr brennen«, erwiderte Hanissa. »Da musst du jetzt einfach durch.« Sie wusch das Tuch aus und suchte sich aus den in einer Holzkiste stehenden Fläschchen, in denen sie ihre Zauberflüssigkeiten aufbewahrte, das richtige heraus. Nachdem sie ein paar Tropfen der farblosen Tinktur auf das feuchte Tuch geträufelt hatte, reichte sie es Tomrin. »Press das ein paar Minuten auf die Wunde. Das sollte helfen.«

Er tat, wie ihm geheißen. Tatsächlich brannte die Medizin auf seiner Stirn wie ein Heuschober, in den ein Feuer speiender Drache hineingehustet hatte. »Also schön«, presste er zwischen zusammengebissenen Zähnen hervor. »Wo wurden wir vor dem Angriff der Geister eben unterbrochen?«

»Nissa wollte uns berichten, was sie herausgefunden hat«, brummte Sando. »Nachdem unser Tag bisher ja nicht sonderlich erfolgreich war.« Es wurmte ihn sichtlich, dass sie den Spieglern bis jetzt immer nur hinterhergelaufen waren, ohne ihnen dabei auch nur einen Schritt näher zu kommen.

Tomrin ging es nicht anders.

Seufzend ließ sich Hanissa auf einem Stuhl nieder. »Ich konnte nicht viel in Erfahrung bringen«, gestand sie, während sie ein Blatt Pergament zum Vorschein brachte. »Die Drachengasse 13 gehörte früher – nein, eigentlich gehört sie noch immer – einem Mann namens Questrik.«

Tomrin und Sando blickten sie erwartungsvoll an. »Und?«, hakte Tomrin nach.

»Nichts weiter«, erwiderte Hanissa und starrte das Schriftstück in ihren Händen betrübt an. »Das ist alles. Im Stadtregister, wo ich diese Urkunde geklaut habe, steht nur, dass der Eigentümer dieses Hauses den Namen Questrik trägt.«

»Und da ist nicht irgendwo vermerkt, wohin er umgezogen ist, als er von hier verschwand?«, wollte Tomrin wissen.

Seine Freundin schüttelte den Kopf. »Für die Archivare dort wohnt Herr Questrik noch immer in diesen vier Wänden. Die wissen gar nicht, dass er schon vor Jahren verschwunden ist – und sein Haus auch.«

»Das heißt, wir sind genauso weit wie zuvor?«, fragte Sando enttäuscht.

»Nicht ganz«, gab Hanissa trotzig zurück. »Wir haben einen Namen.«

»Den Namen eines Mannes, der mittlerweile überall in Mintaria oder vielleicht noch jenseits der Grenzen leben könnte«, fasste Tomrin zusammen.

Das Mädchen senkte den Blick. »So ungefähr.«

»Na toll.«

»Und was machen wir jetzt?« Sando schaute fragend in die Runde.

In diesem Augenblick gab Fleck, der bislang still neben ihnen gehockt hatte, ein würgendes Geräusch von sich.

Tomrin warf dem Jungdrachen einen fragenden Blick zu. »Fleck? Alles in Ordnung?«

Dieser öffnete wie zur Antwort das Maul und spuckte eine kinderfaustgroße Kugel aus. Sie schien aus einer Art Kristall zu bestehen, war blank poliert, und ein schwaches, gelbliches Leuchten drang aus ihrem Inneren. Mit einem leichten Schlag fiel sie auf die Holzbohlen und rollte zu Sando hinüber.

Der stoppte sie mit seinem Fuß, bevor er sich hinunterbeugte und die Kugel aufhob. »Igitt, Fleck, hast du das Ding etwa die ganze Zeit im Maul gehabt?« Angewidert wischte er die Kugel an seiner Hose ab.

Fleck quäkte beleidigt, dann hopste er zu Sando hinüber und stupste ihn aufgeregt mit der Schnauze an.

»He, Fleck, was soll das? Du willst doch jetzt nicht ernsthaft mit diesem Steinding Stöckchenholen spielen? Wo hast du das überhaupt her?«

»Also ich wüsste viel lieber, warum es so leuchtet«, mischte sich Hanissa ein. »Gib mir die Kugel bitte mal, Sando.«

»Klar, warum nicht? Fang!« Er deutete einen Wurf an, und als das Mädchen mit einem erschrockenen »Nicht!« die Arme hochriss, grinste er. »War nur Spaß.« Er reichte ihr die Kugel.

»Blödmann«, brummte Hanissa gutmütig. Stirnrunzelnd untersuchte sie die Kugel. Dabei murmelte sie etwas vor sich hin. Als sie die rechte Hand über dem Kristall hin und her bewegte, glühte dieser ein wenig auf. »Ich dachte es mir schon«, verkündete Hanissa. »Diese Kristallkugel ist magisch.«

Neugierig setzte sich Tomrin auf. »Und welchen Zweck erfüllt sie?«

Hanissa zuckte mit den Schultern. »Ich weiß es nicht … noch nicht. Aber wartet mal …« Sie drehte die Kugel ein wenig und hielt sie dann direkt vor die Augen. »Da steht etwas geschrieben. Es ist der Buchstabe Q.«

»Q?«, wiederholte Tomrin. »Was soll das bedeuten?«

Sando machte ein nachdenkliches Gesicht. »Nennt mich völlig verrückt, aber könnte Q nicht für Questrik stehen?«

»Das ist *wirklich* verrückt, Sando«, entgegnete Hanissa.

»Was bitte soll diese Kristallkugel, die Fleck vermutlich irgendwo in der Neustadt aufgelesen hat, während ich im Stadtregister beschäftigt war, mit dem Besitzer unseres Hauses zu tun haben?«

In diesem Augenblick klopfte es an der Tür.

Die drei Freunde sahen sich verblüfft an.

»Es hat geklopft«, hauchte Tomrin.

»Das haben wir auch gehört«, erwiderte Sando ebenso leise.

»An der Haustür …«, fuhr der Hauptmannssohn fort.

»… die von außen unsichtbar ist«, beendete Hanissa seinen Satz.

Misstrauisch richteten alle drei ihren Blick auf die hölzerne Tür, die von innen ganz normal wirkte, von außen aber schon seit Jahren für niemanden mehr zu sehen war.

Das Klopfen wiederholte sich. »Verzeihung, aber würdet ihr bitte aufmachen?«, drang eine gedämpfte Stimme durch das Holz. »Ich weiß, dass ihr dort drin seid, und ich habe nicht den ganzen Tag Zeit.«

Fleck quäkte und lief aufgeregt umher.

Tomrin erhob sich von seinem Stuhl und trat auf die Tür zu. »Wer ist denn dort?«, fragte er vorsichtig.

»Mein Name ist Questrik. Ritter Fleck hat mich gerufen.«

»Questrik?«, entfuhr es Hanissa.

»*Ritter* Fleck?«, fragte Sando beinahe gleichzeitig.

Tomrin hob die Hand zur Klinke, doch dann zögerte er. Einerseits sprach einiges dafür, dass der Mann dort draußen derjenige war, der er zu sein behauptete. Wer sonst sollte die Stelle der unsichtbaren Tür in der ebenso unsichtbaren Hauswand kennen? Und warum sollte sich jemand ausgerechnet als Questrik vorstellen? Außer Hanissa, Sando und Tomrin wusste doch niemand mehr, wem die Drachengasse 13 eigentlich gehörte. Niemand außer Questrik selbst … Andererseits war es so unwahrscheinlich, dass der Mann, nach dem sie so eifrig gesucht hatten und der seit Jahren als verschwunden galt, genau jetzt auftauchte. Irgendetwas daran *musste* faul sein.

Durch die Tür war ein lauter Seufzer zu hören. »Zum Kuckuck, nun seid nicht so misstrauisch. Ich bin es wirklich. In der Truhe in meinem Arbeitszimmer im ersten Stock befinden sich Bücher in elfischer Schrift. Im Keller vorne links stehen zwei Regale voll mit eingelegten Apfelkirschen. Und im Schrank im Schlafzimmer ist ein doppelter Boden.«

Tomrin und Sando tauschten einen erstaunten Blick aus. Von dem doppelten Boden hatten sie noch gar nichts gewusst.

Hanissa trat neben Tomrin. »Nun öffne schon«, forderte sie ihn auf.

Er tat es.

»Ah, prächtig, vielen Dank.« Mit selbstbewussten Schritten trat der angebliche Questrik ein. Er trug Wanderstiefel, dunkelgrüne Beinkleider und ein helles Hemd unter einem ärmellosen Wams. An seinem Ledergürtel war eine Tasche befestigt, und eine zweite hatte er über die Schulter geschlungen. Auf dem Kopf des Mannes saß ein breitkrempiger Filzhut, an dem eine graue Feder steckte. In der rechten Hand hielt er einen langen Wanderstab, dessen geschnitzter Kopf an den Schädel eines Drachen erinnerte. Sein Gesicht war blass, und seine Augen wurden von einem grauen Tuch verhüllt.

Ist der blind?, fragte sich Tomrin. Wenn ja, musste er über andere Möglichkeiten verfügen, seine Umgebung wahrzunehmen, denn ohne zu zögern wandte sich der Fremde den drei Freunden zu, lüftete den Hut und machte eine Verbeugung.

»Questrik mein Name, willkommen in meinem Heim.«

»Seltsam«, murmelte Sando. »Ich dachte immer, das sagt man zu jemandem, der eintritt.«

Questrik grinste. »Für gewöhnlich würde ich dir recht geben, mein junger Freund, aber in diesem Fall ist es doch etwas anders. Mir gehört das Haus, und ihr habt euch nur eingenistet.« Er hob eine Hand. »Keine Sorge, ich bin nicht hier, um euch zu verjagen. Ich freue mich immer über Gäste. Und genau genommen bin ich ja auch nicht sonderlich oft hier – also, wen kümmert's?«

Hanissa räusperte sich. »Verzeiht die Frage, Herr Questrik, aber wo kommt Ihr auf einmal her? Und wieso nennt Ihr Fleck einen Ritter?«

Questrik machte ein verwirrtes Gesicht. »Sollte ich nicht?« Er deutete auf Fleck, der mit aufgeregt klopfendem Schwanz vor ihm saß. »Er stellte sich mir als Ritter des Tafelecks vor, als er mich durch den Ydnah rief.«

»*Was* hat er gemacht?«, wollte Tomrin wissen, der rein gar nichts verstand. Entweder war der Bursche vollkommen verrückt, oder hier gingen sehr seltsame Dinge vor sich.

»Er rief mich durch den Ydnah«, wiederholte Questrik und deutete mit seinem Wanderstab auf die Kristallkugel, die Hanissa noch immer in der Hand hielt.

Das Mädchen hob sie neugierig in die Höhe. »Was ist ein Ydnah?«

»Ein … äh … seltener magischer Gegenstand. Man kann mit ihm Verbindungen zu anderen Ydnahs herstellen. Mit manchen von ihnen kann man jeden beliebigen Ydnah anwählen, andere sind fest mit einem einzigen Gegenstück verbunden. So wie der, mit dem Ritter Fleck mich im TAFELECK rief.« Questrik runzelte die Stirn. »Aber sagt mal: Wieso wisst ihr das alles nicht? Haben eure Eltern euch noch nicht in die Bedeutung des Ydnahs eingeweiht? Und falls nicht, warum habt ihr ihn dann?«

Sando hüstelte.

»Ich fürchte, das ist alles ein großes Missverständnis«, erklärte Hanissa. »Wir haben mit Eurem Ydnah und diesem TAFELECK überhaupt nichts zu tun. Fleck ist auch kein Ritter, sondern nur unser kleiner Drache. Während ich im Stadtregister war, muss er weggelaufen sein und dabei die Kristallkugel zufällig gefunden haben. Ist Euer TAFELECK zufällig eine Schenke?«

Der Mann zögerte verwirrt. »Nun … ja.«

»Dann hat Fleck Euren Ydnah wohl entdeckt, als er nach etwas Essbarem suchte. Und weil er so schön leuchtete, wollte er ihn mir bestimmt mitbringen.«

»Halt, ganz so einfach ist das aber nicht«, wandte Tomrin ein. »Immerhin warst du, Nissa, im Stadtregister, um den Besitzer unseres Hauses zu finden. Und der soll jetzt der gleiche Herr Questrik sein, dessen Ydnah Fleck in irgendeiner Schenke gefunden hat? Das wäre aber ein sehr großer Zufall, oder?«

»Ich würde es eher einen sehr *glücklichen* nennen«, warf Questrik ein. Ungeduldig klopfte er mit der Spitze seines Wanderstabs auf die Holzbohlen. »Doch ganz egal, welches Schicksal uns zusammengeführt hat, ich bin froh, dass wir uns getroffen haben. Denn ich habe doch recht verstanden: Achnathon treibt erneut sein Unwesen, oder?«

»Falls Ihr einen magischen Spiegel meint, der imstande ist, Leuten ihre Spiegelbilder zu stehlen und mit ihnen Böses anzustellen«, Tomrin nickte, »dann ja.«

Der Mann schüttelte den Kopf. »Achnathon ist nicht der Spiegel. Er ist ein Dämonenfürst, der einst in diesem gefangen wurde.«

»Wisst Ihr wirklich, was es mit all dem auf sich hat?«, fragte Hanissa aufgeregt.

»Bedauerlicherweise.« Questriks Miene verdüsterte sich, und schweren Schrittes ging er zu einem der

Stühle hinüber. Eine Weile lang sagte er kein Wort, sondern schien tief in Gedanken versunken.

Sando räusperte sich. »Und wollt Ihr es uns vielleicht erzählen?«

Beinahe verblüfft über diese Bitte, sah Questrik auf. »Oh … äh … Warum nicht! Kommt her, Kinder. Setzt euch und hört zu.« Er wartete, bis Tomrin, Hanissa und Sando der Aufforderung Folge geleistet hatten, dann fuhr er fort: »Vor vielen, vielen Jahren, als noch nicht einmal eure Großeltern geboren waren, lebte in Mintaria ein grausamer Dämonenfürst mit Namen Achnathon. Wie jeder grausame Dämonenfürst hatte er nur ein Ziel: Er wollte Macht, am liebsten über die ganze Welt. Um diese zu erringen, versuchte er, den König von Mintaria zu stürzen und dessen Thron an sich zu reißen. Mintaria ist zwar nicht die ganze Welt, aber irgendwo muss man schließlich anfangen.«

Questrik bedachte die Freunde mit einem schiefen Grinsen.

»Um eine lange Geschichte kurz zu machen: Achnathons Plan scheiterte. Ich war zufällig in der Gegend, als der Dämonenfürst sich anschickte, die Macht zu ergreifen, und bot dem König meine Dienste an. Normalerweise mische ich mich in solche Streitigkeiten nicht ein. Wofür hat eine Welt schließlich ihre Helden? Doch leider hatte Achnathon alle Helden des Königs

– auch bekannt als die Ritter des Tafelecks, weil sie immer an der Ecke der Königstafel herumlungerten –, ausgeschaltet. Diese Herren bekleckerten sich in dem Kampf wahrlich nicht mit Ruhm … Um das Gleichgewicht zwischen Gut und Böse wiederherzustellen, griff ich also ein, und gemeinsam mit dem König gelang es mir, Achnathon zu besiegen. Ich bannte ihn in einen magischen Spiegel und nahm diesen mit, um ihn an einem Ort zu verstecken, wo ihn keiner von Achnathons früheren Dienern suchen würde: in Bondingor, das damals noch ein kleiner, unbedeutender Marktflecken am Fleet war.«

»Aber was hat es mit dieser Schenke namens TAFELECK auf sich?«, fragte Tomrin.

»ZUM TAFELECK«, verbesserte Questrik ihn. »Na, ihr könnt euch vorstellen, dass die Ritter des Tafelecks damals ziemlich beschämt waren, im Kampf gegen Achnathon versagt zu haben. Daher erboten sie sich, mir bei der Bewachung des Spiegels zu helfen. Ich wollte das eigentlich nicht, aber sag mal einer Gruppe gestandener Männer, die dich anschauen wie traurige Hundewelpen, dass du ihre Hilfe nicht brauchst.«

Questrik zuckte mit den Schultern. »Also erlaubte ich ihnen, mitzukommen. Um nicht aufzufallen, begleiteten sie mich als einfache Leute und nahmen normale Berufe an. Sie wurden Bäcker, Schmiede – und eben Schankwirte! Einer von ihnen gründete die Schenke, in der Fleck mich fand. Dieser Ort erlaubte es ihnen, sich weiter zu treffen, ohne auf sich aufmerksam zu machen. Aus den Rittern des Tafelecks wurden sozusagen die Ritter vom TAFELECK.« Er gluckste leise über das Wortspiel, wurde jedoch sogleich wieder ernst. »Als meine Zeit gekommen war, weiterzureisen, versprachen die Ritter, für mich in Bondingor die Stellung zu halten. Zur Sicherheit gab ich ihnen den Ydnah, damit sie oder ihre Nachfahren mich rufen konnten, sollte Achnathon jemals wieder Ärger machen.«

Er seufzte. »Wie es aussieht, war das eine kluge Entscheidung. Denn auch wenn es mittlerweile eine halbe Ewigkeit her ist, dass ich Achnathon in den Spiegel bannte, hat er offenbar nie aufgegeben. Der gemeine Dämon hat nur auf die Gelegenheit gewartet, erneut zuzuschlagen. Und die scheint gekommen zu sein. Auch wenn ich mich frage …«, Questrik drehte sich zur Kellerklappe um, »… warum.«

»Oh je«, murmelte Tomrin. Er wechselte einen Blick mit seinen Freunden. »Ich fürchte, daran sind wir schuld.«

Schnell erzählten die drei, was seit dem letzten Nachmittag in der Drachengasse geschehen war: wie sie durch Flecks Ungeschicklichkeit den Zugang zum Keller und dort den Spiegel gefunden hatten. Wie ihre Spiegelbilder über sie hergefallen waren und sie eingesperrt hatten. Und dass die Spiegler mittlerweile den Spiegel und vermutlich auch Glukk hatten verschwinden lassen.

»Was hat es mit diesen Spieglern eigentlich auf sich?«, fragte Sando. »Ist das ein Zauber von Achnathon?«

»Es sieht so aus«, erwiderte Questrik. Er runzelte die Stirn. »Damit hatte ich ehrlich gesagt nicht gerechnet. Achnathons Körper ist ja im Spiegel gefangen und stellt somit keine Gefahr dar. Doch offenbar hat sein Geist eine Möglichkeit gefunden, die Abbilder derer, die in den Spiegel blicken, zu verzaubern. Wie es scheint, sollen diese Diener seine Rückkehr vorbereiten. Vermutlich sammeln sie zu diesem Zweck magische Energie für ihn und suchen nach neuen Opfern, deren Spiegelbilder Achnathon als Verbündete nützlich sind.«

»Achnathon macht also genau da weiter, wo er aufgehört hat«, erkannte Sando. »Er versucht, Macht zu gewinnen.«

»Das erklärt die Entführung meines Vaters«, fügte Tomrin erschrocken hinzu. »Er will auch ihn spiegeln und damit Einfluss auf die Stadtgarde erhalten. Als Nächste stehen wahrscheinlich der Stadtmarschall Feylor von Garsting und Baron Berun auf seiner Liste.«

»Und dann der Steinrat der Zwerge, der König der Elfen, die ganzen Würdenträger Bondingors.« Hanissa war bleich geworden.

»Gemach, gemach«, bremste Questrik sie. »Ich bezweifle, dass Achnathon dazu in der Lage ist. Einen Spiegler ins Leben zu rufen und zu beherrschen, kostet ihn sicher viel Kraft. Er wird sich auf ein paar wenige Männer und Frauen beschränken, die ihm seiner Meinung nach am nützlichsten sind, um seine Rückkehr vorzubereiten.«

»Das sind dann ganz *sicher* Feylor von Garsting und Baron Berun«, meinte Tomrin. »Sind die beiden erst einmal durch ihre Spiegelbilder ersetzt, kann der Dämon in Bondingor praktisch machen, was er will. Wir müssen etwas dagegen unternehmen, und zwar so schnell es geht.«

»Du hast völlig recht, mein Junge.« Questrik klatschte tatendurstig in die Hände und erhob sich. »Was wir tun, ist Folgendes: Ihr nehmt dieses Amulett hier.« Er griff in die Tasche, die er über der Schulter trug, und zog ein rundes, bronzenes Amulett an einem Lederband hervor, auf dem ein fünfstrahliger Stern abgebildet war. »Damit geht ihr ins TAFELECK in der Neustadt. Dort werdet ihr auf die Nachfahren der Ritter von einst treffen, die heutigen Wächter über den Spiegel. Grüßt sie herzlich von mir und erinnert sie an den alten Eid ihrer Vätersväter. Mit ihrer Hilfe sollte es euch gelingen, den Spieglern und Achnathon Einhalt zu gebieten.«

»Und was ist mit Euch? Werdet Ihr uns nicht helfen?«

Questrik schüttelte den Kopf. »Ich bedaure, aber dazu habe ich leider keine Zeit. Ich muss mich um dringende andere Angelegenheiten kümmern.«

»Dringender als die Rückkehr eines Dämonenfürsten?«, fragte Tomrin ungläubig.

»In der Tat, ja«, erwiderte Questrik ernst. Dann wurde seine Miene etwas weicher. »Aber verzagt nicht. Ich bin mir sicher, ihr werdet es schaffen. Zeigt Achnathon, aus welchem Holz ihr geschnitzt seid.«

Er wandte sich bereits zum Gehen, als Hanissa ihn am Ärmel packte. »Aber wie sollen wir unsere Spiegelbilder besiegen?«

Der Mann drehte sich zu ihr um und lächelte. »Ganz einfach. Schickt sie dorthin zurück, wo sie hingehören.«

»Und Achnathon?«

»Hängt ihm einfach wieder eine Decke über. Ein Spiegel, der nichts spiegeln kann, verliert seine Macht.«

»So einfach ist das?« Hanissa klang nicht überzeugt.

Questrik schmunzelte. »Nicht alles muss kompliziert sein. Sind die einfachsten Lösungen nicht meist die besten?« Er pochte mit seinem Wanderstab auf den Boden. »So, nun muss ich wirklich aufbrechen. Viel Erfolg, meine jungen Freunde. Und bewacht mir weiterhin mein Haus gut. Es birgt noch das eine oder andere Geheimnis unter seinem Dach.«

Tomrin konnte Questriks Augen unter dem grauen Tuch nicht sehen, aber er hätte schwören können, dass der Fremde ihnen in diesem Moment zuzwinkerte.

An der Tür wandte sich Questrik noch einmal um. »Ach, braucht ihr die Geistersöldner eigentlich, die draußen im Hof gefangen sind?«

»Ähm, nein«, antwortete Hanissa.

»Gut«, sagte Questrik. »Dann sorge ich beim Hinausgehen dafür, dass sie zukünftig niemanden mehr behelligen. Lebt wohl. Und vielleicht sehen wir uns irgendwann wieder. Ich würde gern mal eine Erdbeerbrause in GUMPS BRANDUNG trinken.«

Mit diesen Worten verschwand er.

»Erdbeerbrause?« Sando sah Tomrin entgeistert an.

»Wartet, Herr Questrik!«, rief Hanissa. »Ich habe noch mehr Fragen.« Sie rannte nach draußen, und die Jungen folgten ihr.

Doch ihr seltsamer Besucher war wie vom Erdboden verschluckt.

Kapitel 9
Die Ritter vom Tafeleck

Das«, sagte Hanissa entschieden, »war der eigenartigste Mann, dem ich je begegnet bin. Und ich wohne in der Magischen Universität …«

»Er ist bestimmt ein großer Zauberer«, meinte Tomrin. »Denkt nur, wie beiläufig er sich um die beiden Geister im Hof gekümmert hat. Als wären sie nur ein kleines Ärgernis für ihn. Und dann hat er sich einfach so in Luft aufgelöst.« Die Augen des Hauptmannssohns leuchteten vor Begeisterung. »Seite an Seite mit jemandem wie ihm zu kämpfen, wäre sicher ein tolles Abenteuer.«

»Nun bleib mal auf dem Teppich«, warf Sando ein. »Bevor du losstürmst, um *woanders* Abenteuer zu erleben, sollten wir uns erst mal um das nicht ganz kleine Problem hier in Bondingor kümmern.«

»Genau«, pflichtete ihm Hanissa bei. »Lasst uns zum TAFELECK gehen. Es ist mittlerweile Abend, da dürften die Männer dort anzutreffen sein, die wir suchen.«

»Guter Gedanke.« Tomrin nickte. »Auf zum TAFELECK. Weißt du, wo das liegt, Nissa?«

»Na ja, irgendwo in der Nähe des Stadtregisters drüben in der Neustadt. Am besten gehen wir zunächst dorthin, und dann folgen wir einfach unserer – oder besser noch Flecks – Nase.« Sie grinste und kraulte den Jungdrachen am Kopf. »Nicht wahr, Fleck? Du findest den Ort bestimmt wieder.«

Fleck antwortete ihr mit einem begeisterten Japsen.

In der Schenke ZUM TAFELECK herrschte Hochbetrieb. Fast alle Tische waren besetzt, und auch am Tresen standen Zecher.

Ein bunt gemischtes Volk hatte sich an diesem Abend versammelt. Hanissa sah viele Menschen, aber auch Zwerge, Elfen und Gnome saßen auf den dunklen Holzstühlen vor steinernen Bierhumpen. Es wurde gelacht und laut geredet, und ein unangenehmer Dunst aus Pfeifenrauch, Bratkartoffeln und Männerschweiß hing in der Luft. Es war kein Ort, an dem sich ein junges Mädchen herumtreiben sollte. Wüsste ihre Mutter davon, würde sie ihr was erzählen!

Aber sie weiß es ja nicht, beruhigte sich Hanissa. *Außerdem sind Tomrin und Sando bei mir. Und ein Drache, der mich beschützen kann, wenn es nötig wird.* Sie blickte zu Fleck hinüber, der mit heraushängender Zunge und Bettelblick neben einem weißbärtigen Zwerg hockte und darauf hoffte, ein Stück von dessen Schweinshaxe zu ergattern. *Falls er nicht gerade ans Essen denkt,* fügte sie in Gedanken spöttisch hinzu.

»He, Kinder, habt ihr euch verlaufen?« Auf einmal stand ein schmerbäuchiger Mann vor Hanissa und den beiden Jungen. Sein Hemd konnte man sauber nennen, aber sein Bart sah ziemlich ungepflegt aus. In den riesigen Händen hielt er zwei große Krüge Bier.

Hanissa schüttelte den Kopf. »Nein, wir suchen …« Sie zögerte. In Questriks Erzählung hatte es so geklungen, als wären die Ritter vom TAFELECK ein Geheimbund, von dem nicht jeder wissen sollte. Andererseits mussten sie jemanden nach ihnen fragen, um sie zu finden. »Wir suchen den Wirt des TAFELECKS«, sagte sie schließlich.

»Der hat heute Abend frei«, beschied der Mann. »Kommt morgen wieder. Und jetzt schert euch weg. Auf euch wartet sicher ein warmes Bett.«

»Könnt Ihr uns nicht sagen, wo er ist?«, wandte Tomrin ein. »Wir müssen etwas Wichtiges …«

»Habt ihr mich nicht verstanden?« Der Mann wurde lauter, und sein Gesicht verfinsterte sich. »Kinder haben hier nichts zu suchen! Also raus, bevor ich euch Beine mache.«

Missmutig wandten sich die Freunde ab, um die Schenke zu verlassen.

»Das lief ja großartig«, murrte Sando, als sie wieder vor der Tür standen. »Und nun?«

Fleck gab ein quäkendes Geräusch von sich und fing an, die Straße hinunterzulaufen.

»Was hat der denn jetzt schon wieder entdeckt?«, fragte Tomrin ungehalten. »Fleck, bleib stehen!«

Der Jungdrache dachte gar nicht daran. Stattdessen schlüpfte er in eine Gasse zwischen zwei Häusern. Gleich darauf tauchte sein Kopf wieder auf, und Fleck quäkte erneut. Es klang auffordernd.

Sando schien zu begreifen. »Freunde, denkt ihr, was ich denke?«

Jetzt hellte sich auch Tomrins Miene auf. »Hintereingang«, sagte er.

Sando nickte, und die drei liefen los.

»Aber was soll uns das bringen«, fragte Hanissa, »wenn der Wirt nicht da ist?«

»Der Kerl in der Schenke hat nicht gesagt, dass er nicht da ist«, warf Tomrin ein. »Er sagte nur, dass er freihat.« Er grinste vielsagend.

Hanissa seufzte. »Na schön. Vielleicht finden wir ja Hinweise darauf, wo sich die Ritter aufhalten.«

Verstohlen folgten die drei Fleck in die Gasse, die sie zu einem kleinen Hinterhof führte. Ordentlich gestapelte Kisten und Fässer zeugten davon, dass der Hof als Lager benutzt wurde. Einige Schritt entfernt befand sich eine Tür in der Rückwand eines Hauses, die der Hintereingang zur Schenke sein musste. Daneben entdeckten sie ein schmutziges Fenster, das nur angelehnt war. Männerstimmen drangen ins Freie.

»... erkläre ich hiermit das heutige Zusammentreffen für eröffnet«, verkündete soeben jemand feierlich.

»Ein Zusammentreffen?«, flüsterte Tomrin. »Das klingt interessant.«

Fleck lief zur Tür hinüber und setzte sich davor. Eifrig klopfte er mit dem Schwanz auf den Boden.

Hanissa schüttelte den Kopf und bedeutete ihm mit einer Geste, herzukommen. Dann duckte sie sich mit Sando und Tomrin in den Schatten der Hauswand, und sie krochen zusammen mit Fleck vorsichtig zum Fenster, um besser hören zu können.

»Kommen wir zum ersten Punkt unserer Tagesordnung«, sagte der Wortführer im Zimmer. »Wer von den Herren möchte beginnen? Kollin? Peddi? Herr Qualbringer?«

Qualbringer? Hanissa stutzte. Hatte sie sich verhört? Das war doch dieser Troll aus dem Stadtregister. Neugierig hob sie den Kopf, um einen Blick durch den Fensterspalt zu werfen.

Sie sah drei halbkreisförmig angeordnete Lehnstühle, neben denen kleine Tische standen. An der Wand hinter den Stühlen hingen Ritterschilde. Und dem Geräusch von knackendem Holz nach zu urteilen, musste es einen Kamin im Raum geben.

Auf einem der drei Stühle fläzte sich ein Zwerg. Seine klobigen Stiefel lagen auf einem Fußbrettchen, und der breite Gürtel um seinen Leib schien alle Mühe zu haben, seinen beachtlichen Bauch zurückzuhalten, auf dem er einen Krug Bier abgestellt hatte. Sein prächtiger rostroter Bart war zu zwei dicken Zöpfen geflochten. Der Zwerg blickte so mürrisch drein, als sei das Treffen für ihn nur eine lästige Pflicht.

Auf dem zweiten Stuhl saß ein Elf. Er war groß und schlank und trug ein edles graublaues Gewand, dessen Farbe allerdings verblasst war. Blass war auch das Gesicht des Elfen, das von langem, blondem Haar umrahmt wurde und auf dem ein Ausdruck gepflegter Langeweile lag.

Der einzige Anwesende, der voll bei der Sache zu sein schien, war ein Mensch. Er stand vor dem dritten Stuhl, und seine Wangen glühten. Er trug ein rotes, mit

Silberknöpfen verziertes Wams und hatte den Saum seines langen, verzierten Mantels eigenwillig über den linken Arm geworfen. Mit dem rechten fuchtelte er wild herum, während er auf die anderen einredete. »Nun lasst Euch nicht so bitten, meine Gefährten. Etwas mehr Begeisterung für die Sache! Wir treffen uns hier schließlich, weil unser heiliger Eid es uns gebietet.«

»Ach, kommt schon, Schüttelspeer, wem wollt Ihr das erzählen?«, brummte der Zwerg. »Wir treffen uns hier jede Woche, weil wir nichts Besseres zu tun haben.« Er hob seinen Bierkrug, um geräuschvoll einen Schluck daraus zu nehmen.

»Ihr wisst genau, dass Ihr mich nicht so nennen sollt, Herr Gumli!«, empörte sich der Mensch. »Mein Name ist …«

»Geschenkt«, unterbrach ihn der Zwerg.

»Welche Laus ist Euch denn heute über die Leber gelaufen, Freund Zwerg?«, fragte der Elf mit bestenfalls milde interessierter Miene. »Ihr seid noch übellauniger als sonst.«

»Ach«, knurrte Gumli. »Ich bin heute Mittag im Luttenpark Gumrak Eisenschild begegnet.«

»Zwergenheld«, grollte eine Stimme von links. Hanissa konnte den Sprecher nicht sehen, aber sie erkannte ihn trotzdem. Es handelte sich tatsächlich um Herrn Qualbringer!

»Ja, schmiert es mir nur aufs Brot.« Gumli machte ein finsteres Gesicht. »Ihr hättet sehen sollen, wie ihn die Jungzwerge angehimmelt haben. Er ist ein verdienter Kämpfer, das streite ich gar nicht ab. Aber was ist mit uns? Sind wir nicht auch Helden? Verdienen wir nicht auch Bewunderung?« Er schnaubte. »Kein Jungzwerg weiß überhaupt, dass es mich gibt.«

»Papperlapapp, Herr Gumli!«, rief der Mann, der nicht Schüttelspeer heißen wollte. »*Jeder* Zwerg kennt Euch, denn Ihr schmiedet die feinsten …«

»Pfannen«, fiel ihm der Zwerg schon wieder ins Wort. »Ich schmiede Töpfe und Pfannen, mein Bester.«

»Nun denn, so kennt Euch zumindest jede *Zwergin*«, merkte der Elf an, und ein spöttisches Lächeln umspielte seine Lippen.

»Gumli ist ein echter *Frauen-Held*«, rief ein weiterer Mann, der außerhalb von Hanissas Blickfeld saß, und lachte.

»Ja, ich wünschte, ich könnte so feine Pfannen schmieden wie er«, fiel jemand ein.

Gumli hob drohend seinen Bierkrug. »Ach, haltet doch alle das Maul.«

»Mäßigung, Freunde, Mäßigung«, bat der Wortführer. »Vergesst nicht, dass wir Ritter sind, keine Straßenbande.«

Hanissa riss die Augen auf, dann duckte sie sich wieder zu den Jungen hinunter. »Habt ihr das gehört?«, flüsterte sie. »Ich glaube, wir haben unsere Ritter gefunden.«

Tomrin nickte. »Aber was für ein komischer Ritterorden ist das denn? Der erinnert mich eher an einen Haufen Zechbrüder.«

»Du darfst nicht vergessen, dass diese Kerle nur die Nachfahren der echten Ritter sind«, gab Sando zu bedenken. »Ein Wunder, dass sie Worte wie ›heiliger Eid‹ überhaupt noch in den Mund nehmen.«

Hanissa winkte ab. »Seid mal still, Jungs. Ich möchte hören, was die sagen.«

»Sollten wir uns nicht zu erkennen geben?«, wandte Tomrin ein. »Das war doch Questriks Rat.«

»Ich bezweifle, dass er wusste, wie es heute um seine Ritter vom TAFELECK bestellt ist«, gab Hanissa zurück. »Und bevor ich mich diesen Saufköpfen zeige, will ich etwas mehr über sie wissen.«

Alle drei hoben den Kopf, um durch das Fenster zu lugen. Fleck schnaufte neugierig und reckte sich, um auch etwas sehen zu können.

Drinnen öffnete sich gerade eine Tür, und ein kräftiger Mann mit Schürze kam ins Zimmer. Er trug ein Tablett mit Bierkrügen. Hanissa schätzte, dass es sich um den Wirt handelte, den sie im Schankraum vergeblich gesucht hatten. »Noch eine Runde für meine Brüder?«, fragte er.

Das Angebot wurde mit lautstarker Begeisterung angenommen. Fleck dagegen winselte an Hanissas Seite und duckte sich rasch. Offenbar erkannte er den Wirt wieder.

»Ha, ich habe schon gedacht, ich müsste den ganzen Abend mit *einem* Bier auskommen«, grölte Gumli, leerte rasch seinen Krug und griff sogleich nach einem neuen. »Auf Euer Wohl, Garwan.« Er hob sein Bier.

Der Elf murmelte etwas in seiner Sprache, das Hanissa nicht verstand.

Gumli runzelte die Stirn. »Na, dann geht doch und unternehmt etwas dagegen. Und falls Ihr Hilfe braucht, ruft uns einfach.« Er lachte dröhnend.

Während sich der Elf erhob, blickte Schüttelspeer den Zwerg fragend an. »Verzeiht, aber was hat Herr Playmolas gesagt?«

Gumli feixte. »Dass er sich in die Hose macht, wenn er auch nur einen weiteren Tropfen Bier trinkt«, spottete er. »Elfen vertragen überhaupt nichts. Sie sind zu bedauern.«

Der Elf blieb ihm Türrahmen stehen. »Schön, dass Herrn Gumli sonst keine Sorgen plagen«, sagte er unterkühlt. Er fügte noch etwas auf Elfisch hinzu, das nur eine Beleidigung sein konnte.

»Ja, ja, schon verstanden.« Gumli gluckste.

Schüttelspeer stieß einen Seufzer aus. »Wir warten noch, bis Herr Playmolas zurück ist, aber dann sollten wir wirklich zur Tagesordnung übergehen. Es gibt viel zu besprechen, selbst wenn wir Punkt eins, ›Heldengeschichten der letzten Woche‹, überspringen, weil niemand etwas dazu beitragen möchte.«

»Ich«, meldete sich Herr Qualbringer plötzlich zu Wort.

Die Miene Schüttelspeers hellte sich auf. »Ihr habt eine Heldentat vollbracht? Lasst hören!«

»Jungfrau in Not geholfen«, verkündete der Troll zufrieden. Hanissa fiel auf, dass er jetzt ganz anders sprach als bei ihrer ersten Begegnung – irgendwie *trollischer.* Sie fragte sich, was es damit auf sich hatte.

»Einer Jungfrau?«, wiederholte Gumli mit zweifelndem Gesicht. »Tatsächlich?«

»Hach, famos!«, entfuhr es Schüttelspeer aufgeregt. »Bitte, weiter. Hat ein Drache sie bedroht? Oder ein Schwarzmagier sie in einen dunklen Kerker gesperrt?«

»Hatte Frage. Im Stadtregister«, berichtete Herr Qualbringer.

Schüttelspeers Freude versickerte wie Wasser im Wüstensand. »Ihr habt einer Dame eine Auskunft erteilt?« Er klang so ernüchtert, dass sich Hanissa ein Kichern verkneifen musste.

»Über Drachengasse«, bestätigte Herr Qualbringer stolz.

Der Zwerg verschluckte sich fast an seinem Bier. »Die Drachengasse, sagt Ihr?« Unsicher wechselte er mit seinen Gefährten Blicke. »Liegt da nicht auch … Ihr wisst schon … dieses Haus?«

Schüttelspeer strich sich nachdenklich über den sorgfältig getrimmten Kinnbart. »Das Versteck des großen Questrik, richtig. Drachengasse 13. Wie eigentümlich.«

»Nun, das lässt manches in völlig neuem Licht erscheinen«, brummte der Zwerg.

»Was beispielsweise?«, fragte Schüttelspeer höflich.

Gumli richtete seinen Blick auf das Fenster. »Beispielsweise, dass wir belauscht werden!«

Was? Hanissa zuckte erschrocken zusammen.

Ein dunkler, schlanker Körper glitt neben den drei Freunden vom Hausdach und kam federnd auf dem Boden auf.

Tomrin stieß einen überraschten Schrei aus.

»Guten Abend«, grüßte sie der Elf Playmolas freundlich. Das lange, matt glänzende Elfenmesser in seiner Hand passte nicht ganz zu seinem Tonfall.

»Wir können alles erklären«, stammelte Sando.

»Mit Sicherheit«, gab der Elf lächelnd zurück. Er winkte mit dem Messer. »Wenn ihr dann vorgehen möchtet?«

Neben ihnen öffnete sich die Tür, und der Wirt Garwan schaute auf den Hinterhof. Er hielt ein kurzes Schwert in den Händen.

Gehorsam betraten die Freunde das Kaminzimmer. Die drei Männer, die sie durchs Fenster gesehen hatten, Herr Qualbringer sowie zwei Burschen mit karottenroten Haaren und verwegenem Aussehen erwarteten sie bereits. Die Rotschöpfe glichen einander wie ein Ei dem anderen.

Zwillinge, dachte Hanissa. *Das müssen Kollin und Peddi sein.*

»Drei Kinder und ein junger Drache«, tönte der Zwerg Gumli. »Was haben wir denn da für einen Fang gemacht?«

Hanissa sah zu Herrn Qualbringer hinüber, der bei ihrem Anblick große Augen bekam. »Jungfrau in Not«, grollte er und deutete auf sie.

»Ich würde eher sagen ›neugierige Jungfrau‹«, verbesserte ihn der Elf.

»Scheint mir auch so«, mischte sich Schüttelspeer mit großspuriger Geste ein. »Würdet ihr uns wohl sagen, was ihr so spät am Abend vor unserem Fenster treibt?«

Hanissa sah Tomrin an.

Der Hauptmannssohn trat einen Schritt vor. »Mein Name ist Tomrin von Wiesenstein, Sohn von Ritter

Ronan ›Bärenherz‹. Meine Freunde heißen Hanissa und Sando. Und das ist unser Drache Fleck.« Er zeigte der Reihe nach auf seine Begleiter. »Wir sind hergekommen, weil wir die Ritter vom TAFELECK suchen.«

»Und was lässt euch glauben, dass ihr bei uns richtig seid?«, fragte Schüttelspeer.

»Na ja, die Schenke heißt ZUM TAFELECK«, erwiderte Tomrin. »Außerdem haben wir Euch schon eine Weile belauscht.«

»Ein kluger Bursche, so viel steht fest«, warf Gumli ein und hob grinsend seinen Bierkrug an die Lippen.

Schüttelspeer räusperte sich. »Lass mich die Frage anders stellen: Woher wisst ihr von diesem Geheimbund? Er sollte eigentlich … nun … geheim sein.«

»Questrik riet uns, Euch aufzusuchen«, sagte Hanissa.

Schüttelspeer riss die Augen auf. Gumli spuckte prustend das Bier aus. Und Herr Qualbringer zuckte so heftig zusammen, dass er die linke Armlehne seines Stuhls abbrach.

»Ihr habt mit *Questrik* gesprochen?«, keuchte Schüttelspeer.

»Nicht nur das. Er hat uns sogar persönlich aufgesucht.« Zum Beweis zog sie das bronzene Amulett aus der Tasche, das der Weltreisende ihnen gegeben hatte, und hielt es in die Höhe.

»Beim Bart meiner Vorväter«, murmelte Gumli, während Bier aus seinem eigenen tropfte. »Der fünfstrahlige Stern … Es gibt diesen Questrik also wirklich?«

»Ja«, bestätigte Tomrin. »Er hat durch den Ydnah mit uns Verbindung aufgenommen.«

»Was zum Dämon ist denn ein Ydnah?«, wollte einer der Zwillinge wissen.

»Das hier«, sagte Hanissa und drückte dem wie vom Donner gerührten Playmolas die Kristallkugel in die Hand. »Unser Drache hat ihn versehentlich geklaut, als er etwas zu essen suchte. Aber wir sind keine Diebe.«

»Ich wusste doch, dass mir der kleine grüne Bursche bekannt vorkam«, murmelte der Wirt.

Der zweite Zwilling machte derweil ein langes Gesicht. »Dieses Ding ist tatsächlich zu etwas zu gebrauchen? Ich dachte, das wäre unnützer Zierrat.«

»Im Gegenteil«, widersprach Hanissa. »Als Questrik erkannte, wie verzweifelt die Lage ist, tauchte er bei uns auf, um uns zu unterstützen.«

»Was sagst du da?« Schüttelspeer wirkte auf einmal ganz aufgeregt. »Die Lage ist verzweifelt, und ihr braucht die Hilfe der Ritter vom Tafeleck?«

Tomrin nickte. »Ganz recht.«

Schüttelspeer richtete sich auf. »Dann, meine Kinder, ist euch das Glück heute hold. Denn die Ritter stehen zu eurer Verfügung. Wenn ich mich vorstellen darf: Mein Name ist Ritter Hero Rikbeth der Fünfte, Kämpe ohne Furcht und Tadel.«

Der Zwerg gluckste. »Glaubt ihm kein Wort«, brummte er. »Er heißt Willem Schüttelspeer und ist Schauspieler an Bondingors Theater. Den Helden gibt der nur auf der Bühne.«

»Herr Gumli!«, brauste Schüttelspeer auf. »Ich verbitte mir diese ständigen Unverfrorenheiten! Wir haben Gäste, also vielleicht könntet Ihr wenigstens mal *so tun*, als wärt Ihr der Ehre, ein Ritter zu sein, würdig.«

Abwehrend hob Gumli die freie Hand. »Schon gut, *Ritter Hero*. Tun wir alle mal so, als wären wir Ritter.«

Schüttelspeer zog sein Wams glatt, bevor er sich wieder Hanissa und den anderen zuwandte. »Danke. Wo war ich stehen geblieben? Ach richtig: Schüttelspeer heiße ich … Nein! Arrg … Ritter Hero Rikbeth der Fünfte natürlich. Dieser tapfere Zwerg hier ist Ritter Gumli, der Elf zu eurer Linken Ritter Playmolas und unser guter Gastgeber Ritter Garwan.« Er drehte sich um. »Und hier haben wir die Brüder Kollin und Peddi sowie den machtvollen Streiter Herrn Qualbringer.«

Der Troll bleckte furchterregend die Zähne. Offenbar versuchte er zu lächeln. »Kennen uns«, sagte er und nickte Hanissa zu.

»Genau, aus dem Stadtregister«, erwiderte sie. »Nur … Verzeiht, wenn ich das sage, aber heute Mittag wirktet Ihr ganz anders.«

»Ist Tarnung«, erklärte Herr Qualbringer. »Tue schlau. Spiele Schreibtischheld.« Er faltete die Bratpfannenhände und setzte eine geschäftstüchtige Miene auf, bevor er unvermittelt losbellte: »Willkommimstadtkisterbonningorkanniwasfürch*tun*!« Dann lachte er dröhnend und wirkte dabei sehr zufrieden mit sich.

»Schön, schön«, mischte sich Schüttelspeer wieder ein. »Nachdem wir uns nun einander vorgestellt haben, erzählt, was euch auf der Seele liegt.«

»Kennt Ihr die Geschichte vom Dämonenfürst Achnathon und wie Questrik ihn in einen Spiegel verbannte?«, fragte Tomrin.

»Natürlich«, bestätigte Schüttelspeer. »Ich trage sie regelmäßig in dieser Runde vor, um uns alle an unsere heilige Pflicht zu erinnern, die darin besteht, den Spiegel zu bewachen.«

Schöne Wächter, dachte Hanissa. *Die hätten ja mal in der Drachengasse auftauchen und uns vor unserem Keller warnen können.*

»Dann will ich es kurz machen«, sagte Tomrin. »Achnathon ist zurückgekehrt, und er versucht, die Herrschaft über Bondingor an sich zu reißen. Wir vermuten, dass er …«

»Halt ein, mein Junge!«, rief Schüttelspeer. Er war ganz blass um die Nasenspitze geworden. »Wie war das? Achnathon, der Dämonenfürst, hat sich aus dem Spiegel befreit?«

»Ich glaub, meine Spürechse pfeift«, entfuhr es Kollin.

»Jetzt wird's lustig«, fügte sein Bruder ächzend hinzu.

»Nein, nicht ganz«, antwortete Tomrin kopfschüttelnd. Dann berichtete er den Rittern von den Geschehnissen der letzten Stunden. Ihre eigene Rolle spielte er dabei bewusst herunter.

Er hatte fast zu Ende erzählt, als aus dem Schankraum plötzlich ein Tumult zu hören war. Gäste brüllten wild durcheinander, und eine schneidende Stimme erhob sich: »Im Namen des Barons von Bondingor, macht Platz, versoffenes Pack!«

Erschrocken wechselte Hanissa einen Blick mit Tomrin und Sando. »Das ist Stadtmarschall Feylor von Garsting.«

»Was will der hier?«, fragte Tomrin alarmiert.

»Jedenfalls keinen mit uns trinken«, brummte Gumli. »Das höre ich genau.«

»Ich sehe mal nach«, sagte Garwan und verschwand.

Schüttelspeer hüstelte. »Wir packen besser unsere Siebensachen. Es würde mich nicht wundern, wenn die Rückkehr Achnathons und das Auftauchen des Stadtmarschalls in dieser Schenke zusammenhängen.«

»Was hat das zu bedeuten, Herr?«, vernahmen sie die Stimme Garwans. »Stadtmarschall, warum fallt Ihr mit Euren Männern in meiner Schenke ein?«

»Um Euch festzunehmen!«, schnarrte Feylor. »Euch und Eure Mitverschwörer. Wo sind sie?«

Hanissa erschrak noch mehr. Das musste Feylors böses Spiegelbild sein, nicht der echte! Warum sonst sollte er hinter den Rittern her sein – und das ausgerechnet jetzt?

»Ich weiß gar nicht, wovon Ihr sprecht«, log Garwan.

»Pah, Ihr könnt mich nicht täuschen. Ich weiß alles über Euch. Durchsucht das Haus, Männer!«

Gumli sprang von seinem Stuhl auf. »Endlich mal wieder eine zünftige Rauferei.«

Schüttelspeer riss die Augen auf. »Wir können nicht gegen die Soldaten kämpfen! Das ist viel zu gefährlich.«

Der Zwerg sah aus, als läge ihm eine spöttische Antwort auf der Zunge, aber Tomrin kam ihm zuvor: »Außerdem wäre es unklug, Herr Gumli. Wir haben Wichtigeres zu tun, als uns mit Soldaten zu prügeln. Wir müssen Achnathon aufhalten. Und das gelingt uns nur in Freiheit.«

Playmolas' Lippen umspielte ein Lächeln. »Sagtet Ihr nicht selbst, Gumli, dass der Junge ein schlauer Bursche sei?«

Der Zwerg brummte etwas in seinen Bart.

Vom Schankraum waren Rufe und Gepolter zu hören.

»Jetzt oder nie«, drängte Schüttelspeer und öffnete die Tür zum Gang. Eilig huschte er hinaus, und die anderen folgten ihm. Dabei schnappte sich Hanissa den Ydnah wieder, den Playmolas zuvor auf eins der Beistelltischchen gelegt hatte. Vielleicht konnte er ihnen noch nützlich sein.

Sie wollten gerade in den Korridor abbiegen, der zur Hintertür führte, als vor ihnen ein Trupp Soldaten der Baronengarde auftauchte.

»Da sind sie!«, schrie der Anführer, und die Soldaten hoben ihre Waffen.

Gumli fluchte und riss eine kurze Axt aus seinem Gürtel.

»Nein!«, ging Kollin dazwischen. »Überlasst die Kerle mir und meinem Bruder.«

Peddi zog zwei lange Dolche. »Genau. Wir decken Euren Rückzug.«

»Das schafft Ihr nie«, entfuhr es Schüttelspeer verzweifelt.

Kollin schenkte ihm ein tolldreistes Grinsen. »Unterschätzt niemals die Roten Zwillinge. Und jetzt haut endlich ab!«

Mit wildem Johlen warfen sich die beiden den Soldaten entgegen.

Hanissa, Tomrin und Sando flüchteten in Richtung Ausgang. Fleck und die verbliebenen vier Ritter vom Tafeleck waren ihnen dicht auf den Fersen.

Im nächsten Moment hatten sie den Hinterhof erreicht. Playmolas huschte in die Gasse zwischen den Häusern, um zu schauen, ob die Luft rein war. Gleich darauf kehrte er mit einem Nicken zurück.

Rasch schlüpften sie alle hinaus auf die nächtliche Straße. Und während aus dem Inneren der Schenke lautes Geschrei zu hören war, machten sie sich im Schutze der Dunkelheit aus dem Staub.

Kapitel 10
Alarm in Gumps Brandung

»Sando, Sando …«

Gump rieb sich mit der flachen Hand über die Halbglatze und sah aus dem Fenster der BRANDUNG, seiner geliebten Hafenschenke. Wo steckte dieser nichtsnutzige Neffe bloß wieder? Draußen war es schon dunkel, aber von Sando fehlte jede Spur.

»Erst gestern Abend hat er sich so seltsam verhalten, dass ich dachte, er hätte Probleme«, murmelte Gump in seinen buschigen Bart, »und heute treibt er sich bis in die tiefe Nacht draußen herum, ohne mir vorher Bescheid zu sagen?«

Das sah dem Jungen gar nicht ähnlich. Allmählich begann Gump, sich Sorgen um sein Mündel zu machen. Hatte Sando irgendetwas ausgefressen? Sollte Gump ihn mal zur Rede stellen?

»Was nuschelst du da, Zwerg?«, brummte ein grobschlächtiger Minotaur, der am Tresen stand, und legte Gump die Hand auf die Schulter. »Zapf mir lieber noch ein Glas von deinem köstlichen Gerstenbräu. Du hast Gäste, Mann!«

Gump wandte sich um und betrachtete die Zecher. Trotz der späten Stunde waren noch erstaunlich viele in der BRANDUNG. Neben dem Minotaur hockten drei Flussschiffer im Schankraum und sangen bierselig Lieder von fernen Ländern und Frauen namens Lohla. Einen Tisch weiter stritten sich schnatternd fünf Gnome darüber, wer von ihnen die letzte Runde *Fang den Elf* verloren habe und die nächsten Biere ausgeben müsse. Einige Hafenarbeiter waren auch da. Und alle hatten Durst.

Seufzend machte sich Gump wieder an die Arbeit, servierte Getränke und bereitete den betrunkenen Flussschiffern einen Happen zu, den sie offensichtlich nötig hatten. Doch in Gedanken war er weiterhin bei Sando.

Eine weitere Stunde später – Gump kämpfte gerade in der Küche mit einem Stück Braten und einem stumpfen Messer – klopfte es an die Hintertür. Sie führte von der Küche ins Freie.

»Falsche Tür«, rief er, ohne aufzusehen. »Der Eingang zur Schenke ist auf der anderen Seite des Hauses.«

Das Klopfen wiederholte sich. Wer immer da Lust auf einen Humpen Bier hatte, schien nicht allzu helle zu sein.

»Ihr seid verkehrt«, erklärte Gump drängender. »Kommt ums Haus, dann könnt Ihr eintreten.«

Es klopfte zum dritten Mal.

»Himmel, Barsch und Zwirn«, brummte Gump. Vor lauter Geklopfe hätte er sich fast in die Hand geschnitten. »Taub und stur oder wie?« Er trat zur Hintertür, öffnete sie – und sah in Sandos grinsendes Gesicht.

»Hallo, Onkel«, grüßte der Junge. »Entschuldige, dass ich nicht vornherum komme, aber ich habe meine Gründe.«

Für einen Moment war Gump viel zu sprachlos, als dass er reagieren konnte. Dann aber wich seine Überraschung dem Zorn. »Sag mal, was denkst du dir eigentlich?«, schimpfte er los. »Den ganzen Tag hört und sieht man nichts von dir. Hab ich dich nicht heute Morgen erst ausdrücklich gebeten, früh heimzukommen, weil ich Hilfe in der BRANDUNG brauche?«

»Äh, kann sein«, antwortete Sando sichtlich ahnungslos. »Ich … Ich war heute Morgen nicht ganz ich selbst, weißt du!«

»Was soll das jetzt wieder heißen?« Gump schüttelte verständnislos den Kopf. »Und was ist überhaupt los,

Sando? Du heckst doch irgendetwas aus, das sehe ich dir an der Nasenspitze an.«

Der Junge zuckte mit den Achseln. »Ich hatte ein paar Probleme«, gestand er. »Es würde zu lange dauern, alles zu erklären. Aber mach dir keine Gedanken, Onkel Gump. Wir überlegen uns schon eifrig eine Lösung.«

»Wir?« Gump spähte ins Dunkel hinter seinem Neffen. Bewegten sich da nicht ein paar schemenhafte Gestalten? »Sag bloß, du bist um diese Uhrzeit auch noch mit Nissa und Tomrin unterwegs!«

»Hallo, Gump«, erklang prompt die Stimme des Hauptmannssohnes, und einer der Schemen trat in den Lichtkegel, der aus der Küche fiel. Schief grinsend winkte Tomrin Gump zu.

»Hallo, Gump«, grüßte nun auch Hanissa. Das Mädchen hakte sich bei Tomrin unter, und als Gump erstaunt zur Seite ging, kamen beide in die Küche. Fleck folgte ihnen.

»Hallo, Gump«, brummte sofort eine weitere Stimme. Zu Gumps großem Erstaunen löste sich ein Zwerg aus den Schatten. War das der alte Gumli aus dem Lorrenweg? Was wollte der denn hier?

»Seid gegrüßt, Gump.« Das war ein Elf, groß und schlank. Auch er ging an Gump vorbei, als wäre es das Normalste der Welt.

»Sehr erfreut, Gump«, grüßte nun ein Mensch. Dem Haarschnitt und der Garderobe nach zu urteilen, handelte es sich um einen Edelmann.

»Was in aller Welt …«, murmelte Gump verblüfft und sah vom einen zum anderen. Der Mensch schielte sehnsüchtig in Richtung Braten, der Elf wirkte niedergeschlagen.

Plötzlich tippte jemand Gump von hinten auf die Schulter. »Tschuldigung«, brummte eine Stimme, die klang, als huste ein Riese in ein Ofenrohr. »Du im Weg.«

Gump drehte sich wieder um und wich ein Stück zur Seite – ein Hüne von einem Troll quetschte sich durch die enge Hintertür!

»Das ist Herr Qualbringer«, sagte Sando, als wäre das eine Erklärung. »Und das hier Herr Schüttelspeer …«

»Rikbeth!«, protestierte der Mensch.

»… neben ihm steht Herr Playmolas«, fuhr Sando unbeirrt fort, und der Elf verbeugte sich.

»Und mich kennst du ja, alter Spinner«, knurrte Gumli. Er gehörte zu den Zwergen, die Gump für ein wenig verrückt hielten, weil er die Hügel und Stollen des Zwergenviertels gegen die Hafengegend und seine Kneipe eingetauscht hatte. »Können wir jetzt weitermachen?«

»Weiter … was?«, stieß Gump hervor. Er begriff überhaupt nichts.

»Wir suchen einen Platz, an dem wir ungestört sprechen können«, klärte Tomrin ihn auf. »Und Sando schlug vor, in Eure Schenke zu gehen.«

»Eigentlich in unsere Wohnung über der Schenke«, verbesserte Sando. »Da laufen wir nicht Gefahr, von Leuten gesehen zu werden, denen wir lieber nicht begegnen möchten. Verstehst du?«

Gump, der absolut nichts verstand, deutete schlicht in Richtung der schmalen Holztreppe, die ins obere Stockwerk führte.

»Danke, Onkel«, seufzte Sando erleichtert. Sofort machte sich die seltsame Gruppe auf den Weg.

»Guter Mann«, grollte der Troll, als er erneut an Gump vorbeischlurfte. Erst jetzt bemerkte dieser, dass Herr Qualbringer sich den Braten geschnappt und unter den Arm geklemmt hatte. Schüttelspeer sah dem schmackhaften Fleisch halb entrüstet, halb sehnsüchtig nach.

Als der Letzte im Obergeschoss verschwunden war, blieb Gump noch einen Moment lang ratlos stehen. Dann schloss er kurzerhand die Hintertür und ging hinüber in die Speisekammer, um neuen Braten zu holen. »Kinder«, murmelte er dabei fassungslos.

Tomrin war erst einmal in der Wohnung gewesen, in der Sando mit seinem Ziehonkel lebte. Die wenigen Zimmer unter dem schrägen Schindeldach sahen nicht weniger chaotisch aus als der Schankraum der BRANDUNG, aber es war – hier wie dort – ein liebevolles Chaos.

»Hereinspaziert«, sagte Sando und führte die Gruppe in einen kleinen quadratischen Raum. Darin befanden sich ein schlichtes, aber bequem aussehendes Bett, ein klobiger Schrank und ein Schemel vor einem Tischchen. Über dem Bett hing eine große Zeichnung. Sie zeigte Gumrak Eisenschild, den legendären Zwergenhelden. Gumli betrachtete das Bild mit säuerlicher Miene.

»In Ordnung«, sagte Tomrin, als sich alle auf den Möbeln und dem Fußboden niedergelassen hatten. »So ist die Lage: Achnathon hat allem Anschein nach Feylor gespiegelt, genau wie zuvor uns und vermutlich auch meinen Vater.«

»Und er hat Garwan, Kollin und Peddi in seiner Gewalt«, warf Gumli grimmig ein. Playmolas war auf dem Weg vom TAFELECK zur BRANDUNG noch einmal über die Hausdächer zurückgeschlichen, um zu sehen, wie der Kampf ausgegangen war. Daher wussten sie, dass die Soldaten des falschen Feylor ihre Gefährten gefangen und abgeführt hatten.

Tomrin nickte. »Ich fürchte, der Dämon steht kurz davor, sein Ziel zu erreichen und die Macht in Bondingor zu übernehmen.«

»Und dann ist ganz Mintaria dran«, ergänzte Hanissa.

»Wie lautet der Plan?«, fragte Sando.

»Ich sage, wir suchen diese Spiegler und befreien unsere Freunde«, knurrte Gumli. »Und dann hauen wir Achnathon auf die Nase. Ganz einfach.«

»Befreien ja«, sagte der Elf nun. »Aber wir müssen mit Bedacht vorgehen, wenn wir etwas erreichen wollen. Achnathons Schergen sind zu mächtig, als dass allein unser kämpferisches Geschick ihnen den Garaus machen könnte.«

»Du unterschätzt die Macht meiner Klinge«, brummte Gumli. »Der Feind, der gegen echten Zwergenstahl gefeit ist, muss erst geboren werden. Ich sage: Wir ziehen zum Palast.«

»W...Wir?«, stammelte Schüttelspeer. Er war bleich geworden und wirkte ganz und gar nicht mehr heldenhaft. »Ohne Armee?«

Hanissa stupste Tomrin an. »Ich glaube, ich sage besser mal daheim Bescheid, dass ich hier bin, bevor meine Mutter sich fragt, wo ich stecke«, flüsterte sie ihm zu. »Es ist schon spät, und da hier weit und breit kein falscher Sando ist, wird auch keine falsche Nissa bei ihr zu Hause sitzen.«

Tomrin nickte. »Gute Idee. In der Festung glaubt man ja sicher noch, ich sei mit meinem Vater irgendwo in der Stadt unterwegs. Von daher brauche ich wohl nichts zu erklären.«

Hanissa ging zurück zur Stiege. Wenige Minuten später kehrte sie grinsend zurück. »Alles geklärt. Gump will Winst als fliegenden Boten zur Universität schicken.«

Gremelaia Jereby Winst der Dritte war einer der Kobolde, die auf dem Dach der BRANDUNG lebten, und sauste gern auf schnellen Reitpfeilen durch Bondingor.

»Das kann ja was werden«, murmelte Sando, dessen Mundwinkel belustigt zuckten. »Kommt ein Kobold zu den Magiern …«

»Still«, grollte plötzlich Herrn Qualbringers tiefe Stimme durch den Raum. »Gefahr.«

Alle verstummten. Selbst Gumli und Playmolas, die sich wirklich ständig in den Haaren hatten, hielten inne und sahen zu dem Troll hinüber.

Dieser deutete auf Fleck. »Drache«, sagte er schlicht, als sei damit alles erklärt.

Tomrins Blick wanderte zu Fleck. Nur der Troll hatte bemerkt, dass er sich vom Boden erhoben hatte und auf den kleinen Tisch geklettert war. Dort hockte er nun und blickte leise zischend aus dem Fenster hinaus in die Nacht.

Hanissa sprang auf, trat zu Fleck und strich ihm beruhigend über die Schnauze. »Ist da jemand, Fleck? Witterst du etwas?«

Der Jungdrache quäkte, sah sie kurz an und hob dann die Schnauze in Richtung Dachschräge.

»Es wird doch wohl nicht dieser fürchterliche von Garsting sein?«, hauchte Schüttelspeer. Er schien ernsthaft zu überlegen, ob er sich unter Sandos Bett verstecken oder lieber aus dem Raum stürmen sollte.

Sando zog seinen Dolch aus dem Gürtel und näherte sich dem Fenster. »Der Einzige, der auf diesem Dach etwas zu suchen hat«, sagte er leise, »ist Winst. Und wegen dem wird Fleck nicht unruhig, das steht fest.«

Tomrin warf Sando einen Blick zu. »Du passt hier auf die anderen auf. Ich klettere raus und sehe nach.«

Sando wollte erst protestieren, nickte dann aber. »Nimm meinen Dolch mit. Sicher ist sicher.«

Als Tomrin vorsichtig das Fenster aufstieß, wehte ihm kalte Nachtluft entgegen. Sie roch nach dem Fleet. Den Dolch zwischen die Zähne geklemmt, schwang er sich über das Fensterbrett auf die schmale Brüstung, die unterhalb des Fensters an der Hauswand entlangführte.

Draußen herrschte nächtliche Stille. Nur unten aus dem Schankraum drangen gedämpft die Stimmen der Gäste. Tomrin bewegte sich ganz langsam vorwärts, und als er die Stelle erreicht hatte, von der aus man sich aufs Dach hieven konnte, zögerte er nicht. Kaum oben angekommen, hob er den Dolch und ballte die Linke kampfbereit zur Faust. Doch der Angriff, mit dem er schon fast gerechnet hatte, blieb aus.

Nichts regte sich. Das Dach der BRANDUNG lag zwar im Dunkeln, aber das Licht des Mondes spiegelte sich in denjenigen Schindeln, die noch nicht von Moos überwuchert waren. Das genügte, um dem Jungen wenigstens einen Hauch von Orientierung zu geben. Vorsichtig setzte Tomrin seinen Weg fort und kroch auf allen vieren über die alten Schindeln.

Doch war hier überhaupt wer? Oder hatte Fleck sich geirrt?

Er wollte schon aufgeben und zurückkriechen, als ihm plötzlich so war, als sähe er eine Bewegung im Augenwinkel. Tomrin spannte seine Muskeln an, wandte den Kopf – und keuchte schmerzerfüllt auf, als Sandos ausgestrecktes Bein ihn in die Seite traf!

Sofort verlor er den Halt, rollte der Dachkante entgegen. Zum Glück bekam er ein besonders dickes Stück Moos zu fassen und konnte sich festhalten. *Einer der Spiegler!*, durchfuhr es ihn.

Als das Dämonenwesen merkte, dass Tomrin nicht vom Dach fallen würde, kam es auf ihn zu. Mit schnellen, erstaunlich sicheren Schritten näherte sich der falsche Sando. »Na warte«, knurrte er. »Diesmal entkommst du uns nicht.«

Tomrin handelte sofort. Er zog sich in die Hocke hoch, sprang auf und stieß dem Angreifer den Dolch entgegen. Der Spiegler beugte den Oberkörper zurück und wich der Klinge aus. Dann duckte er sich plötzlich, wirbelte um die eigene Achse und traf Tomrin so kraftvoll gegen die Unterschenkel, dass ihm die Beine unterm Leib weggerissen wurden.

Tomrin schlug hart auf die Schindeln auf. Für einen kurzen Moment sah er Sterne. Er blinzelte einmal, zweimal.

Aufstehen!, dachte er hektisch. *Steh auf und wehr dich! Sonst bist du tot.*

Aber es war zu spät. Als Tomrin endlich die Benommenheit abgeschüttelt hatte, beugte sich der falsche Sando bereits über ihn, die Faust zum Schlag erhoben. Gleich würde es vorbei sein.

Da klatschte etwas gegen die Schläfe des Spieglers. Der falsche Sando zuckte zusammen und wankte leicht.

Klatsch! Wieder traf ihn irgendetwas am Kopf, diesmal genau zwischen den Augen. Tomrin verstand nicht, was geschah, aber er erkannte die Gelegenheit. Er nutzte die kurze Verwirrung seines Gegners, rollte sich zur Seite und zog gleichzeitig dem Doppelgänger die Beine unter dem Leib weg. Dann sprang er auf und kniete sich auf die Brust des auf dem Rücken liegenden Spieglers.

»Wolltest du uns ausspionieren, ja?«, fuhr er den falschen Freund an. »Wie hast du uns gefunden?«

Der Spiegler tobte. Er strampelte wie wild, konnte Tomrin aber nicht abschütteln. Zumal nun auch der echte Sando auf dem Dach erschien! Er kniete sich neben sein Ebenbild und hielt dessen Hände fest. »Das bin ja ich!«, staunte er.

»Solltest du nicht unten bleiben?«, fragte ihn Tomrin.

»Und dir den ganzen Spaß überlassen?«, erwiderte Sando. »Von wegen. Außerdem hattest du die Hilfe meiner Schleuder dringend nötig, wie ich sehe.«

»Lass uns den Kerl ins Zimmer bringen«, schlug Tomrin vor. »Mal sehen, was er uns zu sagen hat.«

Wenige Minuten und einen missglückten Fluchtversuch des Spieglers später, erschienen die beiden Jungen mit dem Doppelgänger vor Sandos Zimmerfenster. Die anderen staunten, als sie den Gefangenen erblickten, und Fleck verkroch sich ängstlich unter dem Tisch. Während Sando sein störrisches Ebenbild fesselte, berichtete Tomrin, was sich auf dem Dach zugetragen hatte.

»Sollte der verfluchte Dämonenfürst nicht eher alles tun, um zu Berun zu gelangen«, brummte Gumli ungehalten, »statt ein paar Kindern und Rittern nachzustellen?«

»Vermutlich sollte uns der Spiegler ausspionieren«, sagte Hanissa. »Damit wir Achnathon nicht noch kurz vor seinem Sieg in die Quere kommen.« Sie ließ den falschen Sando keine Sekunde aus den Augen.

Der schnaubte.

»Was ist?«, fragte der echte ungehalten.

»Ihr könnt Achnathon nicht aufhalten«, zischte das Wesen mit Sandos Stimme. »Niemand kann das. Er wartet längst dort, wo er sein will. Ihr habt verloren, ihr Wichte. Ergebt euch seiner Macht, und hofft auf seine Gnade.«

»Wo er sein will?«, wiederholte Tomrin erschrocken. »Berun! Der Dämon hat es bereits bis zum Baron geschafft!«

»Dann ist er am Ziel«, murmelte Playmolas düster. »Bondingor wird ihm in die Hände fallen …«

»Moment mal«, unterbrach Hanissa ihn. Sie sah zu dem Gefangenen. »Du sagtest, er *wartet* dort, wo er sein wolle. Worauf denn?«

Der falsche Sando lächelte nur abfällig.

»Wenn Achnathon es bis zu Berun geschafft hat«, sagte Schüttelspeer, »wird er nicht zögern, dessen Spiegelbild zu seinem Diener zu machen. Er hätte keinen Grund, seinen Triumph unnötig aufzuschieben.«

Hanissa nickte. »Das denke ich auch. Also ist er vielleicht noch *nicht* am Ziel?«

»Aber der Kerl hier hat doch gesagt …«, beharrte Tomrin.

Der falsche Sando warf Hanissa einen halb verächtlichen, halb triumphierenden Blick zu. »Keine Sorge, Hexe«, höhnte er. »Sowie die Sonne jenseits der Stadtmauer aufsteigt, wird euer schönes Bondingor zur Wiege von Achnathons neuer Herrschaft.«

Tomrin schlug sich mit der flachen Hand gegen die Stirn. »Leute, ich glaube, ich hab's. Ich erinnere mich dunkel, in der Festung kürzlich aufgeschnappt zu haben, dass Baron Berun verreisen wollte.«

»Du meinst …«, begann Gumli.

»Berun fort«, beendete Herr Qualbringer den Satz. »Achnathon wartet«

Das war natürlich nur eine Vermutung, doch Tomrin reichte der Blick in die enttäuschten Augen des falschen Sando, um zu wissen, dass sie ins Schwarze getroffen hatten. Achnathon hatte den Baron bislang nicht spiegeln können, weil dieser erst bei Sonnenaufgang nach Hause zurückkehren würde!

»Dann bleibt uns noch eine Chance«, verkündete Playmolas. Er stand auf und ging aufgeregt durch den Raum. »Wir müssen irgendwie in den Palast gelangen und den Dämonenfürsten bannen, bevor Berun auftaucht.«

Tomrin grinste. »Ich wüsste, wie.« Dann sah er den echten Sando an. »Irrc ich mich, oder siehst du Achnathons Spion täuschend ähnlich?«

Kapitel 11
Unter Feinden

Die Nacht war sternenklar, und ein kalter Wind pfiff durch die Gassen. Irgendwo rief ein einsamer Nachtwächter die dritte Stunde des neuen Tages aus. Silbernes Mondlicht erhellte die Nördlichen Anhöhen. An deren südlichem Ende, nicht weit entfernt von der Festung der Stadtgarde, befand sich der Palast des Barons.

»In Ordnung«, raunte Playmolas, als die kleine Gruppe ein leer stehendes Wohnhaus in Sichtweite des Palasts erreicht hatte, das ihr als Versteck dienen sollte. »Eine bessere Gelegenheit finden wir nicht. Weißt du, was du zu tun hast, Sando?«

Der nickte stumm. Er wirkte alles andere als glücklich über die ihm zugefallene Aufgabe, doch Hanissa wusste, dass er das nie zugegeben hätte.

»Natürlich weiß er es«, zischte Schüttelspeer. Er war sichtlich angespannt. »Ist ja nicht dumm, der Bursche.« Immer wieder sah er durch das Fenster hinaus in die Nacht, als befürchte er, dass die Schergen Achnathons jeden Moment aus dem Palast stürmten und die Verschwörer gefangen nehmen könnten.

»Ich tue so, als sei ich mein eigenes Spiegelbild«, bestätigte Sando leise. »Dann wird Beruns Garde mich einlassen, weil sie vermutlich vom falschen Feylor den Befehl bekommen hat, Tomrin, Hanissa und mich frei im Palast herumlaufen zu lassen. Kaum bin ich drin, suche ich nach einem Weg, euch ebenfalls in den Palast zu holen. Sobald ich den gefunden habe, gebe ich euch ein Zeichen, und ihr kommt nach.«

»Und dann machen wir diesem Dämonenfürsten den Garaus«, knurrte Gumli. Er hatte die Rechte zur Faust geballt und schlug sie klatschend gegen die Linke. »Wie es unsere Urahnen schon hätten tun sollen.«

Hanissa sah Tomrin an. Die Entschlossenheit der Ritter in allen Ehren, aber irgendwie bezweifelte sie, dass ihr Plan derart mühelos umgesetzt werden konnte. »Glaubst du, das klappt?«, fragte sie ihn.

Der Hauptmannssohn nickte langsam. »Mit ein wenig Glück, ja. Es *muss* einfach klappen.« Dabei umklammerte er das Kurzschwert, das Playmolas ihm am Hafen besorgt hatte, damit er nicht unbewaffnet war.

Playmolas legte Sando die Hand auf die Schulter. »Es wird Zeit. Dort vorn ist das Haupttor des Palastes.«

Sando sparte sich lange Verabschiedungen. »Bis nachher«, wisperte er knapp. Dann trat er aus dem Haus und verschwand in der Dunkelheit der Nördlichen Anhöhen. Er sah nicht zurück.

Mit einem mulmigen Gefühl in der Magengegend blickte ihm Hanissa nach. Zwar zweifelte sie nicht daran, dass Sando das Talent hatte, die Garde zu täuschen, doch das Ganze war sehr gefährlich. Wenn die Spiegler merkten, dass er keiner von ihnen war, schwebte Sando in höchster Gefahr. Und ganz Bondingor mit ihm. Tomrin hatte recht: Es *musste* gelingen.

Und etwas anderes auch. Auf dem Weg hatte Hanissa die Gruppe in der Drachengasse haltmachen lassen. Dort war sie ins unsichtbare Haus geschlichen und hatte einige Zauberzutaten aus der Alchemistenküche im Keller mitgenommen. Sie hoffte, mit diesen den Zauber wirken zu können, den sie am Morgen in dem Buch *Von der hohen Kvnst des Verschwyndens* entdeckt hatte.

Hanissa stellte ihre Tasche ab, holte ihre Aufzeichnungen vom Vormittag heraus und begann, die mitgebrachten Kräuter zu zerreiben.

»Was sein das?«, fragte Herr Qualbringer.

»Ein Experiment«, antwortete Hanissa. »Mal sehen, ob es mir gelingt.« Sie schaute den Troll an. »Ihr könntet mir helfen, wenn Ihr mögt, Herr Qualbringer. Seht Euch mal in diesem Haus nach einer Decke um. Questrik meinte, wir könnten Achnathons Spiegel besiegen, indem wir ihn wieder zuhängen.«

»Jungfrau in *neuer* Not«, raunte der Troll vergnügt und stapfte los. Kurz darauf kam er mit einem muffig riechenden Laken zurück und grinste stolz. »Ritter geholfen.«

Dankend nahm Hanissa die Decke entgegen. Sie betete, dass Questrik sich nicht geirrt hatte und dass die Lösung wirklich so einfach war.

Die breite Palastpforte im Torbau, dem streng bewachten Durchgang in der Wehrmauer, bestand aus schwerem, schwarzem Holz mit massiven Eisenbeschlägen. Dass sie geschlossen war, erkannte Sando bereits von Weitem. Als er näher kam, sah er, dass die Gardesoldaten ihn genau beobachteten. Einige standen auf dem großen Wehrturm etwas weiter entfernt, zwei andere direkt vor dem Tor.

Als er auf die Pforte zutrat, sprach ihn einer der Torwächter an: »Geh nach Hause, Kleiner. Dies ist nicht die Stunde, sich in Bondingor herumzutreiben. Erst recht nicht vor dem Palast.«

Sando trat aus den Schatten ins Mondlicht. Hörten die Männer, wie laut sein Herz schlug?

»Ach, der«, sagte nun der andere. »Lass ihn rein, Brutos. Ritter Bärenherz' Kindergarten darf passieren.«

Brutos trat beiseite, um die Pforte zu öffnen. »Na dann … Wenn *ich* hier das Sagen hätte, kämen mir keine dahergelaufenen Dreikäsehochs hinter diese Mauern. Aber wer bin ich, Bärenherz von Wiesenstein zu widersprechen?«

Sando verkniff sich jegliche Erwiderung. Er fürchtete, dass seine Tarnung auffliegen würde, wenn er den Mund aufmachte. Schweigend ging er an den beiden Wächtern vorbei durch die Tür. Jenseits der Schwelle gelangte er in einen kurzen Gang, der von zwei Pechfackeln erhellt wurde. Diese hingen in gusseisernen Halterungen direkt an der Palastmauer. Sando ging weiter und hörte, wie sich die Pforte quietschend hinter ihm schloss.

Ich bin tatsächlich drin, dachte er – halb erstaunt, halb beunruhigt. Jemand wie er, ein einfaches Kind der Straße, hatte in so einem prunkvollen Gebäude eigentlich nichts verloren. Nie hätte er gedacht, dass er eines Tages den Palast betreten würde, erst recht nicht unter solchen Umständen.

Der Gang führte in einen weiten Innenhof. Drei Stockwerke hoch ragten die Mauern empor. Zahlreiche kleine Fenster, in denen sich das Mondlicht spiegelte, gingen von den Wohnräumen des Barons auf den Hof hinaus, und im ersten Stockwerk gab es einen balkonartigen Laubengang, von dem mehrere Türen ins Innere des Palastes führten. Bei Tag mochte dieser Hof voller Diener und Gardisten sein, jetzt, in der Nacht, war er aber menschenleer.

Dennoch schliefen Beruns Bedienstete nicht. Sando sah flackernden Kerzenschein in der Tür zum Quartier des Haushofmeisters. Sie stand offen, und von irgendwoher drang der Duft von frisch Geräuchertem.

Die bereiten schon alles für die Rückkehr des Barons vor. Demnach würde es nicht mehr lange dauern, bis er wiederkam. Sando musste sich beeilen, wenn er seine Freunde rechtzeitig ins Gebäude schmuggeln wollte. *Nur wie?*, fragte er sich. *Das Haupttor ist zu gut bewacht. Ich muss einen Seiteneingang finden.*

Suchend sah er sich um, zuckte aber erschrocken zusammen, als plötzlich ein vertrautes Gesicht im Türrahmen des Haushofmeisters erschien: Tomrin!

Sofort wich Sando zurück in die Schatten und presste sich mit dem Rücken gegen die Mauer.

»Du musst dich geirrt haben«, sagte der Spiegler, der aussah wie sein Freund. »Hier ist niemand.«

Hinter dem falschen Tomrin erschien Feylor von Garsting. »Wirklich? Mir war, als hätte ich die Pforte auf- und zugehen hören.«

Tomrin lachte auf. »Das sind Hirngespinste. So kurz vor der Vollendung unseres Plans ist es kein Wunder, dass du aufgeregt bist. Komm, wir wollen zum Audienzsaal, dem Meister von unseren Fortschritten berichten.« Er deutete zu einer Tür am Laubengang im ersten Geschoss des Palastes. »Das wird ihn freuen und dich auf andere Gedanken bringen.«

Audienzsaal? Dem Meister? Sandos Gedanken überschlugen sich. Befand sich Achnathons Spiegel etwa bereits im Audienzsaal des Barons? Das musste er unbedingt seinen Freunden mitteilen, wenn er sie wiedersah.

Die beiden Spiegler setzten sich in Bewegung. Sie traten auf den Hof und näherten sich Sandos Versteck! Ob er es wagen sollte, sich ihnen zu zeigen? *Besser nicht,* entschied Sando. *Ich sollte kein unnötiges Risiko eingehen, bis ich die anderen an meiner Seite habe.*

Die Spiegler kamen immer näher. Er musste sofort das Weite suchen! Schnell sah er sich um. Einige Schritt weiter rechts kam ein dünner Lichtstrahl unter einer Tür hervor. Sando huschte auf sie zu, schickte in Gedanken ein Stoßgebet an alle Zwergengötter, öffnete sie einen Spalt und glitt über die Schwelle.

Das Herz schlug ihm bis zum Hals, als er von innen an die Tür gelehnt lauschte, ob die Spiegler ihm nicht doch folgten. Erst als ihre Schritte draußen verklangen, atmete er auf und gestattete sich, seine neue Umgebung in Augenschein zu nehmen.

Der Zufall hatte ihn in die Küche geführt. Von hier kam der Speisegeruch, den er wahrgenommen hatte. Dampfende Töpfe standen auf massigen Holzöfen, Säcke voller Kartoffeln und Rüben stapelten sich in den Ecken. Ein paar Gnome hockten darauf und schälten das Gemüse, ohne sich um ihn zu kümmern. An einem eisernen Haken, der von der Gewölbedecke hing, war eine Schweinehälfte befestigt, die sanft hin- und herschaukelte.

»Na, *du* bist vielleicht gut«, durchschnitt plötzlich eine scharfe Stimme die Stille. »Schleichst dich einfach so klammheimlich hier rein und glaubst, damit durchzukommen.«

Sando erstarrte. Man hatte ihn ertappt!

Stampfende Schritte näherten sich. »Dir werd ich's zeigen, Bursche!«, zeterte die Stimme weiter. »Rühr dich nicht vom Fleck, verstanden?«

Sando hatte die Hand schon wieder am Türgriff. »Ich habe mich im Raum geirrt«, log er hastig. »Verzeiht.«

Dann sah er, wem die Stimme gehörte – und entspannte sich. Das, was da hinter dem Ofen in der Mitte des Raumes hervorkam, war kein Gardesoldat und bestimmt auch kein Spiegler.

»In der Tür geirrt?«, wiederholte die kleine stämmige Frau tadelnd. Sie war vielleicht vierzig Jahre alt. Ihr dünnes blondes Haar klebte ihr schweißnass an der käseweißen Stirn. »Da hört doch alles auf. Nicht nur, dass er viel zu spät kommt, nein, jetzt flunkert er mich auch noch an. Los, an die Arbeit, verstanden? Ich brauche noch … noch …« Seufzend brach die Frau ab und begann, in den Taschen ihres schlichten Arbeitskittels zu suchen. »Wenn man sich nicht alles aufschreibt«, murmelte sie dabei wütend. Dann zog sie einen kleinen Zettel hervor und betrachtete ihn. »Suppenkräuter und Mehl, ganz genau! *Das* brauche ich für das Lieblingsfrühstück des Barons. Nach der langen Flugreise wird er sicher hungrig sein.«

Sando hob die Braue. *Die hält mich für einen ihrer Küchenjungen,* begriff er. *Einen, der verschlafen hat.* Wer auch immer die Frau war, um ihr Gedächtnis konnte es nicht allzu gut bestellt sein – sonst hätte sie längst gemerkt, dass sie Sando eigentlich gar nicht kannte.

»Äh, natürlich«, sagte er schnell. »Und die hole ich in …?«

»In?«, wiederholte die Köchin gereizt. »In keinem In, du nutzloser Bengel. Hast du dein Gehirn in den Federn vergessen, oder wie? Du holst sie wie jeden Morgen an der Nebenpforte. Dort, wo Marktbeschicker … Marktbeschicker …« Wieder schielte sie auf ihren Zettel. »Wo Meister Wangeroht sie uns Tag für Tag ganz frisch anliefert«, beendete sie den Satz dann zufrieden.

Nebenpforte? Sando konnte sein Glück kaum fassen. Das war ja genau das, wonach er suchte! Wenn er der vergesslichen Dame noch entlocken konnte, wo genau sich diese Pforte befand, war er der Lösung seines Problems schon ein Gutteil näher.

Doch ihre Miene ließ keinen Zweifel daran, dass sie ihm nicht weiterhelfen würde. »Na, los«, scheuchte sie Sando auf. »Unglaublich, wie dreist du hier herumtrödelst. Bring mich nicht dazu, den Hofmeister zu rufen, damit er dir Beine macht!«

Bloß nicht, dachte Sando erschrocken. »Bin schon unterwegs, Herrin.«

Kaum hatte er die Palastküche verlassen, begann er seine Suche von Neuem. Er hielt sich im Schatten, huschte von einer Tür zur anderen und hatte bald schon den halben Innenhof umrundet. Er wollte gerade in Richtung Wehrturm aufbrechen, als sich neben ihm eine Pforte öffnete und Feylor von Garsting ins Freie trat – viel zu plötzlich, als dass Sando sich noch hätte verstecken können.

»Ah«, machte der falsche Stadtmarschall. »Hier steckst du also. Wir hatten uns schon gefragt, wo du bleibst. Irgendwelche Erfolge?«

Sando blieb reglos stehen. Sein Herz überschlug sich fast. Erfolge? Was meinte der Spiegler nur? Dann fiel es ihm ein. »Nein«, log er schnell. »Die Ritter, die Kinder und ihr Drache sind nirgends zu sehen. Vermutlich verstecken sie sich vor uns.«

Feylor lachte gehässig. »Zu Recht. Nach dem Kampf im Versteck dieser armen Ritter überlegen sie es sich sicher zweimal, ob sie sich uns erneut in den Weg stellen wollen.«

Er bemerkt nichts, dachte Sando erleichtert. Diese Erkenntnis ließ ihn mutiger werden. »Na, wenn sie lange genug überlegen, ist es ohnehin zu spät«, sagte er. »Berun wird bald hier sein.«

Ein siegesgewisses Funkeln erfüllte die Augen des falschen Stadtmarschalls. »Sowie die Sonne aufgeht. Und dann ist Bondingor unser.« Feylor atmete tief durch. »Nun gut, bereiten wir uns vor. Hast du gerade viel zu tun?«

Sando schüttelte den Kopf. Was kam denn nun?

»Sehr gut. Dann bleib hier unten und halte ein Auge auf das Geschehen im Hof. Ich gehe nach oben in den Audienzsaal. Sobald du Beruns Ballonkutsche nahen siehst, rennst du hinauf und gibst mir Bescheid, verstanden?«

Sando versprach es. Zufrieden wandte sich der Spiegler ab und marschierte eine Treppe hinauf, die vom Hof zu dem Laubengang im ersten Stock führte. Oben verschwand er hinter einer der Türen. Erst als diese sich geschlossen hatte, erlaubte es sich Sando, ein wenig zu entspannen. Diese Begegnung hätte auch in einer Katastrophe enden können …

Der Hof war wieder menschenleer, aber er würde es sicher nicht lange bleiben. Der Sonnenaufgang war nicht mehr fern, und in Kürze würden sich außer der vergesslichen Köchin noch viel mehr Menschen im Palast auf die Ankunft des Hausherrn vorbereiten. Sando musste schnell handeln.

Dennoch dauerte es eine ganze Weile, bis er die Nebenpforte fand. Sie lag im Erdgeschoss eines schmalen, von flackerndem Fackellicht erhellten Wehrturms und war unbewacht. Sando konnte sein Glück kaum fassen. Er nahm sich eine Pechfackel aus der gusseisernen Wandhalterung, dann wagte er sich an die Tür. Ein schwerer Riegel war vorgelegt, und zusätzlich war sie abgeschlossen. Von außen hätten sie die Tür niemals aufbekommen, ohne rohe Gewalt anzuwenden. Und das hätte die Wachen alarmiert.

Von innen war das Ganze hingegen einfach. Den Riegel hob Sando aus den Halterungen, und auch das Schloss hielt ihn nicht lange auf. Vorsichtig öffnete er die Tür. Direkt davor standen zwei große Körbe mit Waren vom Markt. Der Lieferant selbst war aber nirgends zu sehen. Offenbar hatte er nicht länger auf den säumigen Küchenjungen warten wollen.

Ohne die Körbe weiter zu beachten, schlüpfte Sando ins Freie. Er befand sich nun wieder außerhalb des Palastes. Einige Dutzend Schritt entfernt sah er das Haus, in dem sich seine Freunde versteckten. Sando blickte nach oben zum Wehrturm, und als sich dort nichts regte, hob er die Fackel und winkte Tomrin, Hanissa, Fleck und den Rittern zu.

»Da! Das Zeichen!«

Willem Schüttelspeers Stimme überschlug sich fast. Mit ausgestrecktem Arm deutete der Schauspieler hinaus in die Dunkelheit.

Tomrin sah es auch. »Tatsächlich. Das ist Sando! Ich kann ihn erkennen! «

»Dieser tolldreiste Junge hat es geschafft«, murmelte Playmolas.

Gumli grunzte ungehalten. »Was denkst *du* denn? Immerhin wird er von einem Zwerg erzogen.«

Im Nu waren die Ritter an der Tür.

»Seht«, raunte Herr Qualbringer. »Schön. Da.«

Tomrin blickte auf und sah Beruns Ballonkutsche über den Dächern schweben! Das prachtvolle Gefährt wurde von einem gewaltigen Ballon in der Luft gehalten und von vier Flugdrachen gezogen, auf denen bewaffnete Soldaten saßen. Rasch kam es näher. Die Zeit wurde knapp!

Er blickte zu Hanissa. »Kommst du?«

Sie nickte. »Aber was ist mit Fleck? Wenn wir ihn mitnehmen, bekommt er nur wieder Angst – und du weißt, was dann passiert.«

Tomrin schluckte. »Mit dem Nachtfresser im Schlepptau bleiben wir auf keinen Fall unerkannt.«

»Pass auf, Fleck«, wandte sich Hanissa an den kleinen Drachen. »Du wartest hier, verstanden?«

Fleck verstand sehr gut, daran ließ sein missbilligendes Quäken keinen Zweifel, aber er gehorchte. Tomrin ergriff Hanissas Hand und lief mit ihr ins Freie.

»Wir sind bald wieder da«, rief sie Fleck noch zu.

Wollen wir's hoffen, dachte Tomrin.

KAPITEL 12
Kampf im Palast

Kommt, wir müssen uns beeilen«, drängte Sando, während sie die Wendeltreppe hinaufeilten, die in den ersten Stock des Palasts führte. »Der Baron ist bereits im Hof gelandet.«

»Was hat dich so lange aufgehalten?«, fragte Tomrin am Rücken von Herrn Qualbringer vorbei, der unter Ächzen und Stöhnen die Stufen erklomm.

»Längere Geschichte«, gab Sando zurück. »Erzähle ich später.«

»Wir fürchteten schon, du seist gefangen genommen worden«, sagte Tomrin.

Sein Freund schnaubte. »So leicht lässt sich ein echter Straßenjunge nicht festsetzen.«

»Was genau haben wir denn jetzt eigentlich vor?«, wollte Schüttelspeer wissen, der die Nachhut bildete.

»Wir fangen den Baron oben auf dem Laubengang ab, bevor ihn die Verräter in den Audienzsaal führen«, erklärte Sando. »Das müssen wir unbedingt verhindern, denn dort haben sie den Spiegel mit Achnathon hingebracht.«

Schüttelspeer verzog das Gesicht. »Oje, hoffen wir, dass der Zauber eurer Freundin wirkt.«

Tomrin sah, dass Sando Hanissa einen fragenden Blick zuwarf.

»Ich habe gezaubert«, erklärte sie. »Drüben im Versteck. Wenn der Spruch aus *Von der hohen Kvnst des Verschwyndens* tatsächlich wirkt, haben die Ritter jetzt eine kleine Weile lang keine Spiegelbilder. Dann kann der Dämon nichts ausrichten, wenn sie vor seinem Spiegel stehen.«

Sando nickte anerkennend. »Nicht schlecht.«

»Ich hoffe, dass Berun auch wirklich derjenige ist, der in diesem Palast die Hosen anhat«, brummte Gumli. »Schließlich muss er die Garde davon überzeugen, dass ihr Hauptmann Feylor ein Diener Achnathons ist. Wenn das nicht klappt, sind wir geliefert.«

»Es wird klappen«, sagte Tomrin. »Baron Berun ist bei seinen Dienern und Gardisten eindeutig beliebter als Feylor.«

»Wichtiger noch: Sie vertrauen ihm«, warf Hanissa ein. »Also, wenn es uns gelingt, den Baron vom schändlichen Treiben der Spiegler zu überzeugen, haben wir so gut wie gewonnen.«

»Na, ich bin sicher, Achnathon hat noch ein Ass im Ärmel«, murmelte Gumli.

Sie erreichten den Treppenabsatz zum ersten Stock. Vor ihnen befand sich eine Holztür in der Wand. Von früheren Besuchen im Palast glaubte Tomrin zu wissen, dass sie auf den Laubengang hinausführte. Der Audienzsaal war nicht mehr fern.

Sando legte die Hand auf die Klinke und sah Tomrin an.

»Herr Schüttelspeer«, sagte Tomrin, »kümmert Ihr und Eure Gefährten Euch um die Spiegler, sollten sie uns aufhalten wollen. Nissa, Sando und ich versuchen, zu Baron Berun vorzudringen. Er kennt uns und wird uns hoffentlich zuhören.«

»Einverstanden«, antwortete der Ritter atemlos. »Viel Glück uns allen!«

Tomrin gab Sando ein Zeichen, und sein Freund riss die Tür auf. Wie erwartet lag dahinter der Laubengang. Zur Rechten befanden sich große, offene Spitzbogenfenster, durch die man hinunter in den Hof sehen konnte.

Zu spät, durchfuhr es Tomrin, als er erkannte, was sich vor seinen Augen abspielte. Die Ballonkutsche des Barons stand im Innenhof, und Diener befreiten gerade die Flugdrachen von ihrem Geschirr. Der Baron selbst hingegen war bereits am anderen Ende des Gangs vor der großen Tür, die zum Audienzsaal führte. Feylor, Ronan und zwei Soldaten begleiteten ihn. Einer der Soldaten öffnete das Portal, und der falsche Stadtmarschall verbeugte sich, um dem Baron den Vortritt zu lassen.

»Halt!«, schrie Tomrin. »Baron Berun, wartet! Das ist eine Falle.«

»Da sind die Hochverräter!«, donnerte Ronan und deutete auf Tomrin und die anderen. »Baron, rasch, bringt Euch in Sicherheit. Soldaten, haltet sie auf.«

Tomrins Magen verkrampfte sich schmerzhaft, als er die Bosheit auf den Zügen seines Vaters sah. *Nein,* erinnerte er sich, *das ist das dämonische Spiegelbild meines Vaters!* Er ballte die Faust um den Griff seines Kurzschwerts.

Während Ronan und Feylor Baron Berun in den Audienzsaal drängten und die Tür hinter sich zuschlugen, näherten sich die beiden Soldaten den Freunden mit gezückten Schwertern. Auch auf dem Hof kam es zu Bewegung. »Eindringlinge im Palast!«, rief jemand, und der Ruf wurde vom einen zum anderen weitergetragen.

»Na, großartig«, knurrte Gumli. »Herr Playmolas, wärt Ihr so nett?«

»Sehr gern«, sagte der Elf und trat an seine Seite.

»Passt auf, dass Ihr sie nicht tötet«, mischte sich Hanissa ein. »Sie sind schließlich unschuldig. Sie folgen den Befehlen ihrer falschen Anführer.«

»Sieht das aus wie ein Samthandschuh?«, fragte der Zwerg gereizt und hob seine Axt.

»Lasst mich mal«, grollte Herr Qualbringer und schob sich an ihnen vorbei. Er trat auf die beiden Soldaten zu, die bei seinem Anblick verunsichert innehielten. Im nächsten Moment breitete der riesige Troll die Arme weit aus und brüllte die Männer mit einer Wildheit an, dass ihre Eisenhüte wackelten.

Beide ließen ihre Waffen fallen und gaben Fersengeld.

»Geht doch«, brummte Herr Qualbringer.

Tomrin lief ein Schauer über den Rücken. Er hatte schon viele Geschichten über Trolle gehört, aber sich nie auszumalen vermocht, wie bedrohlich ein wütender Troll *wirklich* sein konnte.

»Äh.« Hinter ihnen hüstelte Schüttelspeer. »Beeilung, bitte. Da kommen noch mehr Wachen. Und die wirken weniger ängstlich.«

Mit einem raschen Blick über die Schulter erfasste Tomrin die Lage. Mindestens ein Dutzend Männer stürmten über den Hof auf die Treppe zu, die zu dem Laubengang führte. Sie trugen Schwerter, Schilde und Hellebarden.

Irgendetwas zischte an Tomrins Ohr vorbei und prallte klappernd von der Wand ab. Als er herumfuhr, sah er einen grau gefiederten Pfeil auf dem Boden liegen. Sein Blick suchte den Schützen und fand ihn auf dem Wehrgang auf der anderen Seite des Hofs. »Und sie schießen auf uns«, warnte er.

»Dann nichts wie weg.« Sando deutete auf die Tür zum Audienzsaal.

Geduckt stürmten die drei Freunde und die Ritter vorwärts. Lautes Rufen und Waffengeklirr folgten ihnen. Ein zweiter Pfeil flog gefährlich nah über sie hinweg. Dann versperrte der Ballon von Beruns fliegender Kutsche dem Schützen die Sicht.

Gumli packte die Türgriffe und zog und zerrte an dem doppelflügeligen Portal. »Es ist von innen verriegelt«, stieß er hervor. »Qualbringer, schafft Ihr das?«

»Kleinigkeit«, tönte der Troll. Er ging zwei Schritte zurück, dann warf er sich gegen die Tür. Es rumste, und die Türflügel erbebten, aber der Riegel im Inneren hielt. »Aua«, verkündete Herr Qualbringer und rieb sich die Schulter.

»Vielleicht kann ich helfen«, sagte Playmolas, trat vor und legte beide Hände auf das Portal. Er holte tief Luft und schloss die Augen.

Die ersten Soldaten hatten den Laubengang erreicht und hoben ihre Waffen.

Tomrin warf dem Elf einen verzweifelten Blick zu. »Schneller, Herr Playmolas.«

»Still«, sagte dieser nur. Seine Miene verzog sich kurz, dann knallte es hinter der Tür, als habe jemand einen ziemlich großen Stock zerbrochen. Playmolas spannte die Muskeln an und stieß die Türflügel auf.

»Wie habt Ihr das gemacht?«, fragte Hanissa staunend.

»Elfenmagie«, erwiderte Playmolas, als sie in den Audienzsaal stürmten. »Wir können Holz beeinflussen.«

Der Saal hinter der Tür war groß und weitgehend leer. Säulen säumten die Wände. Dazwischen hingen bodenlange Wandteppiche, die von den Heldentaten der Fürsten Bondingors kündeten. Auch einige blank polierte Ritterrüstungen mit erhobenen Spießen dienten der Zierde. Am Kopfende des Raums befand sich ein Podest, zu dem einige Stufen hinaufführten. Darauf stand der schwere, hölzerne Thron des Barons. Ein Baldachin aus rotem Samt beschirmte ihn.

Hinter ihnen warf Herr Qualbringer die beiden Türflügel wieder zu und nahm einer der Ritterrüstungen den Spieß ab. Damit ersetzte er den zerborstenen Riegel und sperrte ihre Verfolger aus.

Tomrin und die anderen traten unterdessen mit erhobenen Waffen auf den Thron zu. Mit schnellem Blick erfasste der Junge die Lage. Neben dem Thron standen Feylor, Ronan, Hanissa und er selbst – allesamt Spiegler und offenbar die einzigen Schergen, die sich Achnathon bislang geschaffen hatte. Von Baron Berun war keine Spur zu sehen, aber vor einer Tür rechts neben dem Thron lag sein Umhang. Offenbar hatten sie ihn ins Nebenzimmer geschafft – ›zu seiner eigenen Sicherheit‹ natürlich. Tomrin hoffte, dass sie ihm nichts angetan hatten.

Auf dem Thron selbst stand der übermannsgroße Spiegel. Ein düsterer Glanz umgab ihn und bewies, dass Achnathons Macht mehr und mehr zunahm.

Schüttelspeer zuckte ängstlich zusammen, als er neben Tomrin vor den Spiegel trat. Doch keiner der Ritter spiegelte sich auf der ebenen Fläche! Hanissas Zauber wirkte.

Tomrin holte tief Luft und nahm all seinen Mut zusammen. »Euer Spiel ist aus!«, rief er seinem falschen Vater, dem Spiegel-Feylor und dem eigenen Ebenbild entgegen. »Wir sind gekommen, um Achnathon unschädlich zu machen.«

»Dann versucht es doch«, höhnte der gespiegelte Tomrin. »Aber ihr werdet feststellen, dass euch das nicht gelingen wird.«

Wie auf ein unsichtbares Zeichen hin wurden plötzlich die Wandteppiche zur Seite gerissen. Dahinter kamen Nischen zum Vorschein. Aus diesen strömten

Soldaten der Palastgarde in den Raum, mindestens ein Dutzend an der Zahl. Angeführt wurden sie vom gespiegelten Sando!

»Eine Falle!«, entfuhr es Schüttelspeer.

Der echte Sando riss die Augen auf. »Wie kommt der denn hierher?«

»Ich bin geflohen«, höhnte sein Spiegelbild. »Was dachtest du denn? Gump fand mich unter dem Bett und hat mich befreit.«

Tomrin warf seinem Freund einen Blick zu. »Wie war das eben? ›So leicht lässt sich ein echter Straßenjunge nicht festsetzen?‹ Schöner Mist.«

»Vergleich *den* da nicht mit mir«, knurrte Sando.

»Ergebt euch!«, befahl Ronan.

»Oh, bei den Zweigöttern«, hauchte Schüttelspeer. »Wir sind erledigt.«

Drohend kamen die Soldaten näher, und auch Ronan und Feylor traten auf die Gruppe zu.

In diesem Augenblick begann Schüttelspeers Hemdausschnitt plötzlich zu leuchten, nein, es war irgendetwas, das er unter dem Hemd trug. »Wie geschieht mir?«, fragte der Schauspieler verwundert.

Ein verwirrtes Grunzen ließ Tomrin den Kopf drehen. Auch durch Gumlis geflochtenen Bart brach helles Licht hindurch. Unter Playmolas' und Herrn Qualbringers Gewändern glühte es ebenfalls.

Der gespiegelte Feylor zuckte zurück. Dann verzog sich seine Miene zu einer Grimasse. »Tötet die vier Ritter!«, rief er voller Hass. »Sofort!«

Die Soldaten wollten zum Angriff übergehen, doch von einer Sekunde zur anderen wurde das Leuchten zu einem blendenden Gleißen, als ginge auf der Brust der vier Gefährten eine Sonne auf. Dann setzten ein Sausen und Klirren ein. Wie aus dem Nichts erschienen glänzende Rüstungsteile und wirbelten um die Körper von Schüttelspeer, Gumli, Playmolas und Herrn Qualbringer herum! Mit metallischem Scheppern fuhren die Arm- und Beinschienen, Brustharnische und Schulterpanzer auf die völlig überraschten Ritter nieder, hefteten sich an ihre Körper und hüllten sie ein.

Das ist Zauberei!, dachte Tomrin.

»Beim Bart des Steinrats!«, rief Gumli begeistert aus. »Und ich dachte, die ollen Amulette, die unsere Väter uns vermacht haben, hätten nichts zu bedeuten.«

»Amulette?«, fragte Hanissa.

»Das hier.« Der Zwerg zog eine handtellergroße Silberscheibe an einer Kette aus seinem Kragen. Inmitten eines hübsch verzierten Randes leuchtete ein helles Q.

»Die Amulette stammen bestimmt von Questrik«, rief Tomrin aus. »Sie sollten die Ritter vom Tafeleck vor Gefahren beschützen!«

»Meiner Treu«, jauchzte Schüttelspeer. »Ich fühle mich plötzlich ausgesprochen muterfüllt und bereit zum Kampf.«

»Was steht ihr herum und glotzt?«, fuhr Ronan die Gardisten an. »Zeigt es ihnen!« Er riss sein Schwert aus der Scheide.

Gumli nickte Playmolas zu. »Zeigen *wir's* ihnen.«

»Hanissa, komm.« Tomrin packte die Hand des Mädchens und zerrte sie zur Seite, damit sie nicht zwischen die Kämpfenden gerieten. Sando lief ihnen hinterher.

Keinen Herzschlag später war der Kampf in vollem Gange. Ohrenbetäubender Lärm erfüllte den Audienzsaal: Männer schrien, Schwertklingen trafen klirrend aufeinander, und Herr Qualbringer zwang brüllend seine Gegner in die Knie.

Zu Tomrins Erstaunen schlugen sich die Ritter vom TAFELECK ganz beachtlich gegen die Übermacht. Gumli schwang die stumpfe Seite seiner Axt, um die Wachen zu betäuben. Playmolas tänzelte um sie herum und brachte sie mit gezielten Tritten zu Fall. Und Herr Qualbringer griff mit seinen riesigen Pranken nach den behelmten Köpfen der Soldaten und schlug sie scheppernd gegeneinander.

Vor allem Schüttelspeer schien in seinem Element zu sein. Mit theatralischem Lachen sprang er den

Gardisten entgegen und fuchtelte derart kunstfertig mit seinem Schwert vor ihren Nasen herum, dass sie verunsichert zurückwichen. Tomrin konnte sich gut vorstellen, dass er sich in diesem Augenblick Tische zum Hinaufspringen und Kronleuchter zum Umherschwingen wünschte. Wäre ihre Lage nicht so ernst gewesen, hätte der Gedanke den Jungen grinsen lassen.

»Los, zum Spiegel!«, rief Tomrin. *Hängt ihn einfach wieder zu,* hatte Questrik gesagt. *Ein Spiegel, der nichts spiegeln kann, verliert seine Macht.*

Leider war das leichter gesagt als getan. Noch standen ihre Spiegelbilder zwischen ihnen und ihrem Ziel. Und jetzt erbebte auch noch das Eingangsportal unter heftigen Schlägen! Weitere Gegner versuchten, zu ihnen vorzudringen. Bald würde es im Audienzsaal richtig eng werden …

Missmutig stand Fleck am Fenster des kleinen Hauses. Die anderen waren verschwunden und hatten ihn zurückgelassen. Darüber war er gar nicht glücklich.

Er wollte bei Tomrin, Hanissa und Sando sein und ihnen helfen. Er hatte Schreie aus dem Palast gehört und ein furchtbares Brüllen. Irgendetwas passierte dort. Womöglich waren seine Freunde in Gefahr.

Der Jungdrache stieß ein entschlossenes Fauchen aus und tapste zur Tür. Zu seinem Glück war sie nicht richtig verschlossen, sondern nur zugezogen. Er nahm die Klinke zwischen die Zähne und öffnete die Tür. Dann schob er sich nach draußen. Verstohlen huschte er durch die Nacht auf den Nebeneingang des Palasts zu.

Erfreulicherweise war auch dieser unverschlossen. Vorsichtig steckte Fleck seine Schnauze hindurch, lauschte und witterte. Es schien niemand in der Nähe zu sein. Aber irgendwo über ihm erklang Kampfgetümmel. Wie sich ein Kampf anhörte, wusste Fleck mittlerweile. Seine Freunde waren häufiger in einen verwickelt, als es ihm lieb war.

Er schob sich durch die Tür und fand sich in einem Treppenhaus wieder. Schon wollte er die Stufen hinaufsteigen – von oben kam der Lärm, und dort waren sicher auch Tomrin, Hanissa und Sando –, als unvermittelt etwas in seiner Nase kitzelte. Es roch nach Flugdrachen, Waffenöl und Männerschweiß. Das konnte nur Tomrins Vater sein, da war sich Fleck sicher. Der Geruch kam von unten. Was machte Ritter Ronan im Keller des Palasts, wenn oben gekämpft wurde? Wurde er nicht gebraucht? Vielleicht sollte Fleck ihm zu verstehen geben, dass sein Sohn in der Klemme steckte.

Entschlossen drehte sich der Jungdrache um und folgte der Treppe nach unten. Bald erreichte er einen Kellergang, der ihn irgendwie an den in der

Drachengasse 13 erinnerte. Es handelte sich um einen langen, dunklen Korridor aus gemauertem Stein und mit gewölbter Decke. Mehrere Gittertüren waren in die Wände eingelassen. Am Anfang des Gangs befand sich eine Nische mit einem Tisch und zwei Holzstühlen. Bierkrüge und Spielkarten lagen auf der Tischplatte, als hätten dort eben noch zwei Männer gesessen und sich die Zeit vertrieben. Doch es war niemand zu sehen.

Dafür wurde der Geruch nach Tomrins Vater stärker. Fleck wusste, dass er auf der richtigen Fährte war. Aber wo steckte der Ritter? Der Keller unter dem Palast schien riesig zu sein. Fleck stieß einen fragenden Quäklaut aus. Das Geräusch hallte von den Wänden wider. Zum Glück wurden keine Wachen auf ihn aufmerksam.

Stattdessen vernahm er die Stimme Ritter Ronans. »Fleck?« Sie kam aus einem der Räume hinter den Gittertüren. »Fleck, bist du das?«

Der Jungdrache wiederholte sein Quäken und eilte auf die Stimme zu. Keine zwanzig Schritte weiter fand er Ritter Ronan hinter einer Gittertür.

Der erhob sich von einer Steinbank und sah Fleck verwundert an. »Was in der Zweigötter Namen machst du hier? Sind Tomrin, Hanissa und Sando auch im Palast? Die echten, meine ich, nicht ihre Spiegelbilder?«

Freudig klopfte Fleck mit dem Schwanz auf den Boden. Er wackelte mit dem Kopf und tapste einige

Schritte den Gang zurück, um Ronan anzudeuten, dass er mitkommen solle.

»Fleck, warte«, rief Ritter Ronan. »Wir können dir nicht folgen. Wir sind eingesperrt.«

»Wer ist denn das?«, drang eine zweite Stimme aus dem Dunkel der Zelle. Es raschelte, und ein weiterer Mann trat ins Licht der Fackel, die den Keller erhellte.

Waffenöl, Pomade und Lavendelwasser – Fleck erkannte den Geruch. Er gehörte Feylor von Garsting, dem Stadtmarschall.

»Das ist Fleck«, sagte Ronan, »der kleine Drache meines Sohnes und seiner Freunde. Wenn er im Palast ist, sind die Kinder sicher nicht fern. Sie müssen gekommen sein, um Achnathon aufzuhalten.«

»Drei Kinder gegen einen Dämon?«, tönte Feylor. »Das ist doch lächerlich.«

»Sie sind jetzt unsere einzige Hoffnung«, versetzte Ronan scharf. Er wandte sich wieder dem Jungdrachen zu. »Fleck, du musst uns helfen. Siehst du den Schlüssel am Haken dort drüben? Hol ihn uns, ja? Damit können wir uns befreien.«

»Das versteht der doch nie«, brummte Feylor.

Aber er irrte sich. Fleck war zwar kein Freund des Apportierspiels – er fand es ziemlich langweilig –, aber er begriff, wenn jemand etwas gebracht haben wollte.

Selbstzufrieden marschierte er auf die andere Gangseite und klaubte mit den Zähnen den Schlüssel von der Wand. Dann kehrte er zu Ronan zurück.

Feylor war sprachlos.

»Die Drachen der Stadtgarde sind gut ausgebildet«, sagte Ronan mit einem Grinsen. Er nahm von Fleck den Schlüssel entgegen und sperrte ihre Kerkerzelle auf. »Kommt, Stadtmarschall. Wir müssen meinem Sohn und seinen Freunden helfen.«

Als sie an einer anderen Zelle vorbeikamen, streckte jemand die Hand durchs Gitter. »Herr, nehmt uns mit!«

Ronan warf einen Blick hinein. »He, seid Ihr nicht Garwan vom Tafeleck?«

»Gewiss, Herr, und die Zwillinge Kollin und Peddi. Auch wir sind Feinde Achnathons. Wir wurden vom Spiegelbild Feylor von Garstings hier eingesperrt. Befreit uns. Wir wollen an Eurer Seite kämpfen.«

Tomrins Vater nickte. »In Ordnung. Wir können jeden Mann gebrauchen!«

KAPITEL 13
Auf Messers Schneide

Mit einem wilden Aufschrei ließ Tomrin sein Kurzschwert niedersausen. Sein Gegenüber, das ihm buchstäblich bis auf Haar glich, parierte mit seiner eigenen Klinge. Klirrend schlugen die Waffen aufeinander. Doch Tomrin ließ nicht locker. Wieder und wieder drang er auf seinen Gegner ein, der zwar genauso aussah wie er, aber bei Weitem nicht sein Talent im Schwertkampf besaß. Es handelte sich eben doch nur um ein Spiegelbild.

»Sei vorsichtig, Tomrin!«, warnte Hanissa, während sie sich duckte und zur Seite auswich, um einem Soldaten zu entgehen, der sie mit langen Armen zu packen versuchte. »Wir wissen nicht, was mit uns passiert, wenn unsere Spiegelbilder verletzt oder getötet werden.«

»Was schlägst du vor?«, keuchte Sando von links. Er hatte sein eigenes Spiegelbild im Schwitzkasten und bearbeitete es mit der Faust.

»Questrik sagte, wir sollten sie dorthin zurückschicken, wo sie hingehören«, erinnerte sich Hanissa.

»Und was soll das heißen?«, wollte Sando wissen. Dann fiel sein Blick auf den Spiegel, der auf dem Thron des Barons stand, und seine Augen leuchteten auf. »Mal sehen, ob es klappt.« Er begann auf den Spiegel zuzurennen. Sein Spiegler-Ich zog er dabei unerbittlich hinter sich her.

»Was machst du?«, fragte Tomrin atemlos, während er einem Soldaten auswich, der auf dem Fußboden quer durch den Saal rutschte und gegen eine der Säulen krachte.

Von irgendwoher war das triumphierende Brüllen Herrn Qualbringers zu hören.

»Ich ... folge ... Questriks ... Rat«, presste Sando zwischen den Zähnen hervor. Er krümmte sich zusammen und rammte einem Soldaten Kopf und Schulter in den Bauch, um ihn aus dem Weg zu befördern. Dann stürmte er die drei Stufen zum Thron hoch und packte Spiegel-Sando am Gürtel, um ihn nach vorn zu schleudern.

Doch der stellte sich quer, hielt sich am Thron fest und bremste Sando abrupt aus. Vom eigenen Schwung nach vorn getragen, knallte der Straßenjunge gegen die Spiegeloberfläche. Es gab ein dumpfes Geräusch, als sein Kopf davon abprallte. Sein Griff löste sich von seinem Gegner, und betäubt fiel Sando zu Boden.

Ohne nachzudenken, rannte Hanissa los.

»So leicht kriegst du mich nicht«, höhnte der Spiegler.

Er zog gerade das Bein an, um Sando kräftig in die Seite zu treten, als Hanissa ihn erreichte. Mit einem wilden Schrei rammte sie ihn und warf ihn nach vorn.

Instinktiv streckte der gespiegelte Sando die Hand aus, um sich abzustützen. Er berührte die Oberfläche des Spiegels – und schrie auf, als ein unheimlicher Sog einsetzte, der ihn so schnell in den Spiegel hineinzog, dass jede Gegenwehr unmöglich war.

Ächzend kam Sando wieder auf die Beine. Auf seiner Stirn bildete sich eine beachtliche Beule. Nichtsdestoweniger grinste er. Sein Bild im Spiegel grinste brav zurück, Achnathon hatte keine Macht mehr darüber.

Hanissa wirbelte herum. »Herr Qualbringer!«, rief sie über den Lärm hinweg. »Helft uns! Wir müssen die Spiegler zurück in den Spiegel werfen.«

Der Troll hob den Kopf und starrte sie einen Moment lang verwirrt an. Unter seinen Armen klemmten zwei Gardesoldaten, ein dritter hing ihm im Nacken und drosch mit dem Schild erfolglos auf seinen breiten Schädel ein.

»In den Spiegel!«, wiederholte Hanissa. »Werft die Spiegler hinein. Nur so können wir sie unschädlich machen.«

Herr Qualbringer schüttelte seine Gegner ab und watete durch das Kampfgetümmel auf den gespiegelten Ronan zu.

Hanissa wollte sich gerade wieder Sando widmen, als eine Hand sie an der Schulter packte und herumriss. Sie starrte in ihr eigenes, wutverzerrtes Gesicht. »Ihr zerstört alles«, kreischte die Spiegel-Hanissa. »Törichte Kinder! Wir hätten euch töten sollen.« Ihre Finger waren zu Klauen verkrümmt, als sie nach Hanissas Kehle griff.

»Aber das könnt ihr nicht«, ächzte Hanissa, während sie sich zu lösen versuchte. »Ihr könnt nicht ohne uns sein.«

»Vielleicht ist mir das aber egal«, fauchte ihr Spiegelbild. »Ich bin nur eine Hülle für den Geist Achnathons. Und für seine Rache bin ich bereit, Opfer zu bringen.« Sie drückte fester zu.

Hanissa rang um Atem. »Sando. Hilf mir.«

Doch der wurde gerade von zwei Gardisten bedrängt und konnte ihr nicht beistehen. In seinem Rücken erbebte das Eingangsportal unter den donnernden

Rammstößen der Soldaten, die draußen auf dem Laubengang standen und sich Zugang verschaffen wollten.

Hanissa zappelte und keuchte. Sosehr sie auch kämpfte, es gelang ihr nicht, sich aus dem wütenden Griff ihres Spiegelbilds herauszuwinden. »Nein«, ächzte Hanissa. »Hilfe. Bitte.«

Da tauchte unvermittelt eine silbern schimmernde Gestalt hinter ihrer Gegnerin auf. Sie hob eine Axt, deren stumpfe Seite auf den Kopf der Spieglerin niedersauste. Als sie ihn traf, zuckte diese kurz. Dann verdrehte sie die Augen und sackte in sich zusammen.

»So, Heldentat des Tages vollbracht«, brummte der Zwerg Gumli zufrieden. »Jungfrau in Not aus den Klauen ihres dämonischen Spiegelbilds gerettet.«

Gierig sog Hanissa Luft in ihre Lungen. »Danke, Herr Gumli. Vielen Dank.«

»Gern geschehen«, sagte der Zwerg. »Und jetzt weg mit dieser Göre.« Er packte die gespiegelte Hanissa am Schopf, riss sie in die Höhe und warf sie in den Spiegel. Auch sie verschwand im magischen Sog und wurde wieder zu dem, was sie einst gewesen war: ein ganz und gar undämonisches Spiegelbild.

»Bahn frei«, tönte Herr Qualbringer. Der Troll rauschte durch die Kämpfenden wie ein Schiff durch stürmische Wellen. In seinen Pranken hielt er Ritter Ronan, den er am Kragen gepackt hatte. Am Fuß des

Thronpodests wuchtete er ihn in die Höhe und warf ihn in den Spiegel. Ein Aufschrei ging durch die anwesenden Soldaten.

»Bei den Zweigöttern, seht euch das an!«, rief einer der Männer. »Was ist das für eine üble Zauberei?«

»Es ist genau das, was Ihr sagt.« Hanissa nutzte die Gunst des Augenblicks, um sich an die Soldaten zu wenden. »Üble Zauberei. Ritter Ronan und Stadtmarschall Feylor wurden verzaubert. Ihr kämpft nicht für sie, sondern für ihre bösen Spiegelbilder. Was glaubt Ihr, warum ein Spiegel auf dem Thron Baron Beruns steht, während der Baron selbst verschwunden ist?«

»Glaubt ihr kein Wort!«, schnarrte der falsche Feylor, der neben dem falschen Tomrin als Letzter der Spiegler noch übrig war. »Der Baron befindet sich im Nebenzimmer in Sicherheit. Sie ist eine Verräterin und wollte ein Attentat auf Berun verüben.«

Gemurmel setzte ein. Immer mehr Soldaten senkten unsicher die Waffen. Die Ritter vom TAFELECK waren klug genug, sie nicht weiter zu bedrängen.

In diesem Augenblick gab das Eingangsportal unter dem Ansturm der draußen stehenden Soldaten nach. Krachend flogen die Türflügel auf, und weitere Männer stürmten in den Raum. »Endlich«, schrie der gespiegelte Feylor. »Macht diese Verräter nieder, Gardisten!«

»Befehl aufgehoben«, erscholl eine Stimme, die seiner ganz ähnlich war. Gemeinsam mit den Soldaten traten Stadtmarschall Feylor von Garsting, Ritter Ronan, der Wirt Garwan sowie die Brüder Kollin und Peddi in den Raum. Sie hatten ihre Schwerter gezogen und wirkten zu allem entschlossen. Und in ihrer Mitte tapste …

»Fleck?« Sando starrte den kleinen Drachen überrascht an. »Wo kommst du denn her?«

»Euer kluger Drache hat uns im Kerker gefunden und gerettet«, erklärte Ronan. Er wandte sich dem Spiegel auf dem Thron zu. »Jetzt ist Euer Spiel aus, Achnathon!«

»Genau«, tönte Schüttelspeer und drängte sich in seiner silbernen Rüstung nach vorn. »Erzittere, Dämon, denn Ritter Hero Rikbeth der Fünfte und seine Getreuen stehen vor dir.«

Ein Beben ging über die Spiegeloberfläche …

Ist das der Moment, in dem sich alles zum Guten wendet?, dachte Hanissa.

… dann verdunkelte sie sich, als habe jemand ein Fässchen Tinte in einen Eimer mit klarem Wasser geschüttet. Ein schattenhafter Kopf erschien in der wallenden Finsternis. Gewundene Hörner wuchsen aus seiner Stirn, und in den Augen des Wesens lag purer Hass.

»Achnathon«, flüsterte Sando.

»Oh, oh«, bemerkte Schüttelspeer sehr kleinlaut.

»IHR WERDET MICH NIEMALS BEZWINGEN!«, donnerte der Dämonenfürst, der sich nun endlich zu erkennen gab. »IHR SEID NICHTS IM VERGLEICH ZU DEN MÄNNERN, DIE MICH EINST BEKÄMPFTEN – UND SELBST SIE KONNTEN MICH NUR BANNEN UND NICHT ZERSTÖREN.«

Achnathons Augen begannen zu glühen. Bevor auch nur einer der Anwesenden handeln konnte, zuckten bläuliche Blitze daraus hervor. Vielfach verästelt peitschten sie durch den Audienzsaal, trafen die gerüsteten Soldaten und warfen sie zu Boden. Die Männer schrien schmerzerfüllt auf, manche warfen sich panisch in Deckung. Sofort herrschte heilloses Durcheinander.

Hanissa, die mit Sando ein paar Schritte zurückgetreten war, als Leben in den Spiegel kam, wurde von ihrem Freund zu Boden gerissen. Ein Blitz knallte über sie hinweg und traf Gumli in die Brust. Ächzend kippte der Zwerg nach hinten.

»Wir müssen etwas unternehmen«, schrie Sando Hanissa ins Ohr, um sich über den Lärm hinweg verständlich zu machen.

Die Decke, schoss es Hanissa durch den Kopf. Sie löste das Laken, das sie um den Bauch gewickelt mit sich getragen hatte. »Hoffen wir, dass es klappt«, sagte sie mit bebender Stimme.

»Warte, ich übernehme das«, erbot sich Sando. »Bleib du unten.« Er nahm die Decke und hetzte los.

Zwischen den Blitzen hin und her hechtend, näherte er sich dem Spiegel. Um ihn herum zuckten und schrien die getroffenen Männer, darunter sogar der gespiegelte Feylor. Offenbar waren Achnathon Freund und Feind egal!

Hanissa sah, wie Sando unter einem Blitz hindurchrollte, dann auf die Füße sprang und sich dem Spiegel mit erhobenem Tuch entgegenwarf.

Es gab einen fürchterlichen Knall, als ein ganzes Bündel von Blitzen in ihn einschlug. Sando wurde nach hinten geschleudert. Mit der rauchenden Decke in den Händen flog er durch die Luft und war schon bewusstlos, als er auf dem Boden aufkam.

Oh, nein!, durchfuhr es Hanissa. *Bitte nicht.*

Einige Schritte entfernt hörte sie Tomrin wütend aufschreien. Sie blickte zu ihm hinüber und sah, wie er ausholte. Dann wirbelte sein Kurzschwert auf die Spiegeloberfläche zu. Mit einem metallischen Klirren traf die Klinge das Glas, doch sie prallte einfach davon ab und hinterließ keinen Kratzer.

Ein verzweifelter Gedanke kam Hanissa in den Sinn. Hatte Questrik etwas vergessen? Oder hatte

Achnathons Macht im Lauf der Jahre, die er im Keller der Drachengasse verbracht hatte, zugenommen? Jedenfalls schien eine einfache Decke nicht die Lösung ihres Problems zu sein. Und auch eine normale Waffe schien dem Spiegel nichts anhaben zu können. Aber vielleicht half ein eher ungewöhnliches Wurfgeschoss …

Hastig öffnete sie ihre Umhängetasche und fischte mit zitternden Fingern den Ydnah heraus. Der faustgroße Kristall glühte. Hanissa wog die steinharte Kugel in ihrer Hand. *Bitte, lasst es klappen,* betete das Mädchen zu allen Göttern, die zuhören mochten. Dann holte sie tief Luft, biss die Zähne zusammen, schloss ihre Hand fest um den Kristall und sprang auf.

»Spiegle *das hier,* Achnathon!«, schrie sie und schleuderte ihm die magische Kugel mit aller Kraft entgegen.

»NEEIIN!«, brüllte der Dämonenfürst entsetzt.

Der Ydnah leuchtete hell auf. Wie eine winzige Sonne schoss er dem Spiegel entgegen, traf die Oberfläche genau in der Mitte … und mit einem Donnerschlag, der alle im Raum zu Boden warf, explodierte der Spiegel in Tausende winzige Scherben. Aus den Augenwinkeln sah Hanissa, wie auch der falsche Feylor und der falsche Tomrin zerbarsten, als wären sie aus Glas.

Völlige Ruhe kehrte ein.

Atemlos und zitternd hob Hanissa den Blick. Dort, wo der Spiegel auf dem Thron gestanden hatte, war nicht mehr als ein rauchender Rahmen, durch den man den roten Samt der Thronlehne sehen konnte.

»Wir haben es geschafft«, flüsterte Tomrin. »Wir haben es wirklich geschafft.«

Im nächsten Moment brach Jubel im Raum aus.

Als er verklungen war, rüttelte plötzlich jemand an der Tür neben dem Thron. »He!«, war die gedämpfte Stimme Baron Beruns zu hören. »Lasst mich raus!«

»Komme«, sagte Herr Qualbringer und öffnete die Tür auf Trollweise, indem er sie einfach aus den Angeln riss.

Dahinter kam ein benommen wirkender Baron zum Vorschein, der sich den Schädel rieb. Anscheinend hatten die Spiegler ihn nicht nur eingesperrt, sondern ihm auch noch einen Schlag auf den Kopf versetzt. »Was in aller Welt …«, keuchte er. Er starrte den Troll an, dann glitt sein Blick über das Chaos im Audienzsaal. »Was geht hier vor?«

Willem Schüttelspeer trat auf ihn zu. Er verneigte sich tief. »Wenn Ihr gestattet, Baron, erkläre ich es Euch. Aber setzt Euch. Das wird jetzt eine Weile dauern.«

Die Sonne stand hoch am Himmel, als sich die Freunde am Ufer des Fleets trafen, nur wenige Dutzend

Schritt von GUMPS BRANDUNG entfernt. Hell spiegelte sich das Licht auf dem Wasser, und die Möwen machten ihre ganz eigene Musik dazu. Tomrin hatte den versprochenen Handkarren mitgebracht, und in diesem lag nun Fleck und ließ sich den Bauch wärmen. Friedlicher hätte die Welt kaum sein können, fand Hanissa. Leider fehlte ihr trotz des Sieges über den Dämon die Lust, sich an ihr zu erfreuen.

»Das war's dann wohl mit unserem Geheimversteck«, seufzte Sando und ließ sich neben ihr auf die warmen Steine sinken, die das Ufer des Flusses begrenzten. »Unsere bösen Doppelgänger haben Ritter Ronan ja in die Drachengasse 13 geführt, um ihn zu spiegeln. Ich wette, spätestens heute Abend steht die halbe Stadtgarde dort im Wohnzimmer und nimmt die Bude auseinander.«

Hanissa nickte traurig. Das befürchtete sie auch. Hätten sie nicht hier am Fleet etwas Dringendes zu erledigen, wäre sie schon längst in dem unsichtbaren Haus und würde ihre Zaubersachen wegräumen. Es schien so, als würde sie einen neuen Ort brauchen, an dem sie ungehindert experimentieren konnte. *Schade,* dachte sie. *Einen besseren finde ich bestimmt nie.*

»Nich redn!«, protestierte der kleine Kobold mahnend, der neben ihr saß. Scharls Luhzerrey Grott hatte sie hierher bestellt und schien nun äußerst unzufrieden darüber, dass sie sich miteinander unterhielten. »Die beißn nich, wenner redn tut. Weiß doch jeder, weiß das doch.«

Die Freunde achteten nicht auf ihn. Einzig Fleck stupste den kleinen Mann mit der Schnauze an, dass diesem fast die Angel aus den Händen glitt.

Tomrin grinste. »Die Wette gilt«, sagte er zu Hanissa. Seine nackten Füße baumelten im Wasser. »Ich hab's euch eigentlich erst nachher erzählen wollen, wenn wir unter uns sind, aber beim Frühstück hatte mein Vater schon wieder alles über die Drachengasse 13 vergessen.«

»Wie das denn?«, staunte Hanissa. »Gestern erst …«

»Ich weiß, ich weiß«, unterbrach Tomrin sie. »Als wir vom Palast nach Hause gingen, meinte er noch zu mir, er müsse ein ernstes Wort ›wegen dieses Hauses‹ mit mir reden. Doch als wir dann am Tisch saßen … Haltet mich nicht für verrückt, aber mir war, als hätte ich ein seltsames Funkeln in seinem Wasserkrug gesehen. Und als ich genauer hinschaute …« Abermals brach Tomrin ab.

Hanissa konnte die Spannung kaum aushalten. »Nun sag schon: Was war mit dem Krug?«

»Nichts«, sagte Tomrin. »Es war was mit dem Wasser. Ich glaube, ich habe für einen Moment Questriks Gesicht darin gesehen.«

»Bei allen Erzadern!«, stieß Sando erstaunt hervor. »Questrik? Was hat er gemacht?«

»Er hat mir zugezwinkert«, verriet Tomrin.

»Und dein Vater hat aus dem Krug getrunken?«

Tomrin nickte.

»Dann ist die Sache klar«, sagte Hanissa. Sie konnte ihr Glück kaum fassen. »Zauberei! Ein Abschiedsgeschenk von Questrik an uns. Perfekt!«

»Dieser Questrik.« Sando schüttelte erleichtert den Kopf. »Immer wenn du denkst, das war's jetzt, zieht der Kerl noch einen Trumpf aus dem Ärmel. Wo er inzwischen wohl steckt?«

»Keine Ahnung«, sagte Hanissa. »Ich …«

»Nich redn!«, fauchte der Kobold Grott ungehalten. »Vergrummst nocheins, ich glaub, ich hab da was, habbich!«

Sofort sahen die Freunde zu ihm hin – und tatsächlich begann der dünne Faden aus Elfenflachs, der von der Spitze seiner kleinen Rute ins Wasser hing, kräftig zu zucken.

»Hier auch«, rief Tomrin. Seine Angelschnur straffte sich ebenfalls, als stritten sich fünf Fische darum, wer als Erster anbeißen dürfte.

»Gaaaanz langsam, sachich«, murmelte Grott. »Jetz nix übastürzn. Müsst vorsichtich sein, wenner die großn Brockn fangn wollt.«

Hanissa musste schmunzeln. Wenn derjenige, nach dem sie hier fischten, wüsste, wie Grott von ihm sprach, würde er tagelang schmollen.

Sando hielt inzwischen Tomrins Angel mit fest. Zu zweit begannen die Jungen zu ziehen.

»Wartet«, sagte Hanissa zu dem Kobold neben sich und wollte ihm ebenfalls helfen. Doch zum einen wehrte sich der kleine Mann lautstark gegen diese angebliche Bevormundung, zum anderen waren sie beide zu schwach, um die Rute zu halten. Schon drohte sie ins Wasser gezogen zu werden.

»Sando?« Eine überraschte Stimme erklang plötzlich in ihrem Rücken. »Junge, was macht ihr denn hier? Schmeckt euch mein Essen so schlecht, dass ihr euch lieber selbst welches angelt?«

Als sie sich umdrehte, sah Hanissa Gump auf sie zukommen. Er trug eine Kochschürze und kam wahrscheinlich geradewegs aus seiner Küche.

»Wir suchen jemanden, Onkel«, antwortete Sando.

Ungläubig hob Gump die buschigen Brauen. »Im Fleet?«

»Ganz genau.« Tomrin grinste.

»Aber wen denn?«

Hanissa kam den Jungen zuvor: »Herr Gump, wärt Ihr so nett, Herrn Grott und mir kurz zu helfen? Unsere Angel …«

»Ich sehe schon, ich sehe schon«, murmelte der Zwerg freundlich. Dann griff er nach der dünnen Angelrute und hielt sie fest. »Hm, dem Zerren nach zu urteilen, müsst ihr einen Brüllbarsch am Haken haben. Oder einen Keilbutt, mindestens. Vielleicht auch einen …«

In diesem Moment legte der Kobold den Kopf in den Nacken. »Jeeeeeetzt!«, befahl er lautstark.

Hanissa, Tomrin und Sando zogen mit aller Kraft, und Gump tat es ihnen gleich. Kurz darauf blinzelte der Zwerg ungläubig: »Das … Das ist …«

Glukk spitzte die steinernen Lippen und spritzte ihm eine Ladung eiskaltes Fleetwasser ins Gesicht. »Habt Ihr noch nie einen Wasserspeier gesehen?«, blaffte er Sandos Onkel an. »Oder guckt Ihr immer so? Ja, wahrscheinlich guckt Ihr immer so. «

Er hing an den Haken von Grotts und Tomrins Angeln. Wären die Schnüre nicht aus Elfenflachs gewesen, sie hätten sein Gewicht nie halten können. Obwohl – oder gerade weil – er mit Schlick und Wassergras bedeckt war, wirkte er so mürrisch wie eh und je.

»Tatsächlich«, murmelte Sando. »Der Kobold hatte recht.«

»Sachich doch«, maulte Grott. »Hab die Spiegler bis hierhin verfolgt, habbich. Unn dann habbich gesehn, wie sie'n Speier innen Flett geschmissn ham.«

Tomrin und Sando hatten Glukk inzwischen an Land gehoben und auf die wärmenden Steine gelegt. Fleck lief fröhlich japsend um ihn herum. Gump rieb sich den nassen Bart.

»Die wollten mich beseitigen«, zeterte das steinerne Froschgesicht. »Mich! So eine Frechheit.« Mit wenigen Worten – von denen der Großteil zu der Sorte gehörte, die Hanissa zu Hause nie hätte verwenden dürfen – berichtete er ihnen, wie die Spiegler ihn von der Hauswand geholt und entführt hatten. »Die wollten nicht, dass ich euch verrate, was sie vorhaben«, beendete er seine Schilderung. »Und da der Knebel nichts brachte, versuchten sie es auf diese Weise.«

»Na, zum Glück habt ihr ihn jetzt wieder«, sagte Gump, der offensichtlich kein Wort verstand, aber auch nicht weiter nachfragte.

»Glück?« Grott spuckte in hohem Bogen in den Fleet. Dann straffte er die Schultern. »Glück hat nix damit zu tun. Das iss Schafsinn, iss das. Heldnmut! Jawollja!«

»Also gut«, sagte Hanissa lachend. »Wir haben gefunden, was wir finden wollten. Zurück in unser Versteck?«

Die beiden Jungen nickten. Sie verabschiedeten sich von Gump, luden Glukk auf den Handkarren und zogen los. Fleck trottete zufrieden nebenher.

»Was wird jetzt wohl aus den Rittern?«, fragte Sando, als sie sich der Drachengasse näherten.

Tomrin zuckte mit den Schultern. »Sie haben die Schuld ihrer Ahnen gesühnt und ihre Aufgabe gemeistert, das steht fest.«

»Wahrscheinlich sitzen sie schon wieder in ihrem Tafeleck und schwelgen in Erinnerungen«, sagte Hanissa.

Sando grinste. »Und trinken.«

Auch Tomrin und Hanissa mussten schmunzeln.

Einzig der Wasserspeier verzog das Gesicht. »Trinken?«, wiederholte er. »Bäh! Kinder, hört mir bloß damit auf. Ich kann ehrlich kein Wasser mehr sehen!«

Ende

Die Autoren

BERND PERPLIES, geboren 1977 in Wiesbaden, studierte Film- und Literaturwissenschaft in Mainz. Bis heute hat er über 40 Romane verfasst, vor allem Fantastisches für Erwachsene und Kinder. Seine Werke haben mehrere Preise gewonnen und wurden in zehn Sprachen übersetzt. Mehr über ihn erfahrt ihr auf: www.bernd-perplies.de

CHRISTIAN HUMBERG wuchs im Herzen der Vulkaneifel auf. Heute schreibt er Romane, Comics, Theaterstücke und Sachbücher für große und kleine Leser, die bislang in knapp ein Dutzend Sprachen übersetzt wurden. Anlässlich der Frankfurter Buchmesse wurde der Schriftsteller und Literaturübersetzer im Oktober 2015 mit dem Deutschen Phantastikpreis ausgezeichnet. Wer noch mehr über ihn wissen möchte, erfährt es unter www.christian-humberg.de.

Falls Euch das Buch gefallen hat, besucht unsere Präsenzen im Netz und folgt uns auf den sozialen Medien:

roterdrache.org

www.roterdrache.org/catalog

editionroterdrache

Verlag.EditionRoterDrache

Edition Roter Drache

RoterDrache2006

Die Edition Roter Drache ist Fördermitglied im

Phantastik-Autoren-Netzwerk e.V.

PAN

PHANTASTIK-AUTOREN-NETZWERK E.V.

www.phantastik-autoren.net

Bondingor
1. Marktplatz
2. Altstadt
3. Große Bibliothek
4. Festung der Stadtgarde
5. Neustadt
6. Palast des Barons
7. Nördliche Anhöhen
8. Musenfeld
9. Der Bau
10. Friedhof
11. Ostend
12. Drachenschule Bondingor
13. Drachengasse 13
14. Magische Universität
15. Vielvölkerviertel
16. Gumps Brandung
17. Hafenviertel
18. Der Kanal
19. Handwerkerviertel
20. Zwergenviertel
21. Verbotene Hügel
22. Gnomen-Eck
23. Alvaron (Elfenviertel)
24. Feenfeld
25. Hof des Elfenkönigs
26. Alter Mautturm
27. Großer Stadtpark
28. Hartunsarena
Felder
Weiden
Fleet
Weiden
Wald
N
W
O
S
5
4
28
27
25